신마협도

권용찬 신무협 장편 소설

ORIENTAL FANTASY STORY & ADVENTURE

4

dream
books
드림북스

신마협도 4
골육상잔(骨肉相殘)

초판 1쇄 인쇄 / 2010년 2월 25일
초판 1쇄 발행 / 2010년 3월 5일

지은이 / 권용찬

발행인 / 오영배
편집장 / 김경인
펴낸 곳 / (주)삼양출판사 · 드림북스

주소 / 서울특별시 강북구 미아8동 322-10호
대표 전화 / 02-980-2112 팩스 / 02-983-0660
편집부 전화 / 02-980-2116 팩스 / 02-983-8201
블로그 / blog.naver.com/dream_books

등록번호 / 제9-00046호
등록일자 / 1999년 3월 11일

ⓒ 권용찬, 2010

값 8,000원

ISBN 978-89-542-3623-2   04810
ISBN 978-89-542-3561-7   (세트)

* 지은이와 협의하에 인지는 생략합니다.
* 잘못된 책은 구입한 곳에서 바꾸어 드립니다.

신마협도

골육상잔(骨肉相殘) **4**
뼈와 살이 서로 싸운다는 뜻으로,
가까운 혈족끼리 서로 해치고 죽인다는 의미.

목차

第十七章

　반악은 얼마 걷지 않고 걸음을 멈추었다.

　'저놈은 누구지?'

　급히 걸어가고 있던 묵담향의 뒤쪽으로 웬 사내가 뛰어오더니 그녀의 옆에 서서 친근한 미소를 짓는 게 아닌가. 그도 봇짐을 등에 메고 있고, 옷차림이 살짝 지저분한 걸 보면 그녀와 여정을 함께해 왔음이 분명했다.

　'분명 섭무백과 본거지에 갔다고 했었는데…….'

　사내는 섭무백이 아니었다.

　섭무백이 잘 조련된 군마라고 한다면, 사내는 왼손에 검을 들고 있음에도 전혀 거슬림 없이 밝은 야생마의 느낌을 가졌다고나 할까.

게다가 그와 이야기를 나누는 묵담향의 표정 또한 더없이 유쾌해 보였다.

마치 두 사람은…….

'연인처럼 보이는군.'

반악은 묵담향과 사내가 시야에서 완전히 사라질 때까지 그냥 지켜만 보았다.

그녀와의 재회를 다음 기회로 미룬 것이다.

"가자."

궁금증어린 시선으로 보고 있던 견일 등은 얼른 반악의 뒤를 따라 움직였다.

*　　　*　　　*

"강 점주, 요즘 좋은 일이라도 생긴 모양이오?"

서점의 단골손님들이 하나같이 강학청에게 하는 말이었다.

"이제 완연한 봄이 아닙니까. 날이 좋으니 기분까지도 맑아지는 것 같습니다."

그냥 계절 때문이라고 변명을 했지만, 확실히 그는 요즘 하루하루가 이전과는 달랐다.

지금껏 그는 서점의 일과 다른 수뇌들이 운영하는 사업의 재무를 관리해 주는 일들을 그냥 의무적으로 해왔을 뿐이었다.

　하지만 요즘은 달랐다. 전보다 더 열심히, 더 빠르게, 더 효과적으로 일을 하기 위해 노력했다. 그래야 조금이라도 더 그만의 여유시간을 만들어, 한동안 손에서 놓고 있었던 병법서들을 읽을 수가 있기 때문이다.

　이제 그에겐 목표가 생겼다.

　물론, 이전에도 목표가 있었다. 하지만 경가장에 있었을 때나, 반룡복고당에 입당했을 때는 그 목표라는 게 두루뭉술했었다.

　그냥 열심히 하자, 최선을 다하자, 그래서 인정을 받자, 정도에 불과했다.

　하지만 이젠 아니었다.

　'최고의 책사가 되어야 한다.'

　실수 없이 반악을 보좌해야만 했다. 그의 책사로서 어울리는, 그의 수하로서 부족하지 않을 사람이 되기 위해서는 잠시도 여유 부릴 틈이 없었다.

　"어서 오십시오."

　잠시 한가해진 틈에 주나라 태공망이 지은 병법서인 육도를 보고 있던 강학청은 고개를 들고 안으로 들어오는 손님에게 인사를 건넸다.

　그런데 손님은 길고, 넓은 천으로 머리부터 무릎까지 가리고 있어서 생김새를 알 수가 없었다. 다만……

'여자?'

무릎 아래로 보이는 비단치마와 살짝 보이는 눈매가 확실히 여인이었다.

"무얼 찾으십니까?"

강학청이 묻는 말에 여자 손님은 대꾸하지 않고 탁자로 다가왔다.

그녀는 물었다.

"당신이 강 점주인가요?"

"그렇습니다만?"

여자 손님은 천을 벗고 얼굴을 드러냈다.

그녀는 삼십 대의 매우 아름다운 여인이었다. 복장이 고급스럽고 표정이 딱딱해서인지 쉽게 다가가기 힘든, 콧대 높은 미인형이라고나 할까.

"난 부용설이에요."

"……!"

강학청은 내심 당황했다.

부용설이라 하면, 지금은 고인이 된 진가장 장주의 아내였기 때문이었다.

"당신의 반응을 보니 역시 내가 누구인지 알고 있군요."

"진가장의 안주인이신 분을 어찌 모를 수가 있겠습니까. 부부인께서 어인 일로 이런 누추한 곳을 찾아오셨는지요? 혹 특별하게 찾으시는 물건이 있으십니까?"

강학청은 놀란 마음을 드러내지 않기 위해 노력하며 물었다.

그리고 조심스레 눈을 돌려 밖에 누가 또 있는가를 살피니, 척 봐도 건장해 보이는 사내의 뒷모습이 보였다. 칼을 손에 들고 있는 게 그냥 하인은 아니었다.

그는 강학청의 시선을 느꼈는지 밖에서 문을 닫았다.

"걱정 말아요. 그는 내 명령만 따르는 호위무사고, 다른 사람이 우릴 방해하지 않도록 지키고 있는 것뿐이니까요."

"걱정이라니요? 그저 귀하신 분께서 제 가게를 찾아오신 것이 감사하고, 송구해서 그렇습니다."

"말을 잘 돌리는군요. 하지만 난 쓸데없이 시간 낭비를 하고 싶지 않아요. 그러니 단도직입적으로 묻겠어요. 강 점주가 청이를 죽였나요?"

"……!"

"질문 내용이 부실했던 거 같군요. 그럼 다시 물어보죠. 청이를 죽이고, 내 남편을 중독시키고, 시어머님이 직접 나서서 청사파를 괴멸시키도록 조종한 것이 강 점주인가요?"

"소인은 부 부인께서 무슨 말씀을 하시는지 도통 알 수가 없습니다."

강학청은 어리둥절한 표정을 지어보이면서 탁자 밑에 둔 단도를 손에 쥐었다.

밖에 있는 사내가 그냥 호위무사일 뿐이라고 하지만, 상황은 어떻게 변할지 알 수가 없는 것이다. 그녀가 소리치면 즉각 안으로 뛰어 들어와 그의 목에 칼을 겨눌 수도 있지 않겠는가.

"강 점주가 손을 써서 물장수를 방면케 하고, 그 딸의 무덤을 관제묘에 만들어 준 걸 알고 있어요."

"그 친구의 처지가 안타까워서 잠깐 도와줬을 뿐입니다."

"강 점주의 말이 거짓이 아니라는 걸 믿어요. 그리고 청이를 죽인 것도 같은 이유 때문이라는 것도 알고 있구요."

"당최 부 부인께서 무슨 말씀을 하시는지……."

다 듣지도 않고 끼어든 부용설의 말이 그의 말문을 중간에서 막아 버렸다.

"청이는 살아 있을 가치도 없는 아이였어요."

"……."

"그 아이가 저지른 일들은 하늘도 용납할 수 없는 짓이었어요. 알면서도 그걸 막지 못했던 건, 강 점주도 알다시피 시어머니 때문이었죠. 청이에 대한 그분의 사랑은 광적이기까지 해서 내 남편과 나는, 아니 장원의 그 누구도 그 아이의 방종을 막을 수가 없었어요. 그래서 난 그 아이가 죽었다는 게 오히려 잘된 일이라 생각하고 있어요."

"……."

"또한 내 남편의 중독은 당신 때문이 아니기 때문에 따지고 싶지도 않아요. 게다가 시어머님이야 원래부터 막후에서 장원을 조종하셨으니 일선에 나오셨다 해서 새삼 특별한 일이라 할 것도 없지요."

"……."

"그러니 강 점주는 내가 그 모든 일들에 대해 책임을 묻고
자 찾아온 것이 아님을 알아주세요."

강학청은 시종 차분한 표정의 부용설을 보며 역시 듣던 대
로 대단한 여자라고 생각했다.

물론, 대단하다는 게 좋은 의미만은 아니었다.

'양아들과 남편의 장례를 치룬 지 며칠밖에 되지 않은 여인
이라고는 전혀 생각할 수가 없는 모습이군.'

진이청에게는 이름뿐인 계모였고, 진 장주와는 유대감 없는
형식상의 부부였다고 해도, 남의 눈을 전혀 의식하지 않는 저
매정함과 쌀쌀함이란 소문으로 듣던 것 이상이었다.

상황을 보니 그녀는 은밀히 장원을 빠져나온 게 분명했다.
그렇지 않고서야 상중에 있어야 할 미망인이 상복도 입지 않
고, 고급스런 외출복 차림으로 나와 있다는 건 말이 안 되는
일이니까.

하지만 그런 처신의 문제는 강학청이 상관할 바가 아니었
다.

그가 지금 궁금해하고, 중요하게 생각하는 것은 모든 걸 눈
치 챈 듯한 그녀가 왜 은밀하게 찾아와 사정을 묻고 있느냐 하
는 점이었다.

그래서 살짝 말을 돌려서 물었다.

"제가 그리 하였다 말하는 것은 아니나, 만약 제가 부 부인께서 생각하는 그 사람이라고 한다면 어쩌시렵니까?"

"그렇다고 한다면 난 강 점주에게 도움을 청하려고 해요."

"……?"

강학청은 의아한 시선으로 차갑고도, 아름다운 부용설의 얼굴을 쳐다보았다.

그녀는 눈도 깜빡하지 않고, 그 시선을 똑바로 마주하며 말했다.

"내가 진가장의 주인이 될 수 있게 힘을 보태주세요."

＊　　　＊　　　＊

한쪽으로 크고 작은 나무들이 드문드문 자라 있고, 완만하게 아래쪽으로 쏠려 있는 지형을 내려가면 작은 강줄기가 흐르고 있었다.

그 옆으로는 냉랭한 겨울 동안에도 굳게 버텨온 두꺼운 갈대들이 가득히 자리 잡고 앉아서, 실바람을 따라 머리끝을 살랑거렸다.

박도를 빼든 반악은 강줄기와 갈대밭을 내려다보다가 눈을 감았다.

그 순간, 좌우 뒤쪽에서 세 개의 검은 인영이 땅을 뚫고 치솟아 올랐다.

그들은 전서술로 반악에게 접근하고 있던 견일, 견이, 견삼이었다.

쉬쉬쉬쉬쉭—

정확히 여섯 개의 비수가 반악의 머리, 등, 허리, 그리고 하체를 노리고 날아왔다.

그 속도와 관통력은 근거리에서 쏘아진 화살처럼 대단했다. 하지만 그러한 기세에도 불구하고, 회오리처럼 반악의 전신을 따라 휘둘러진 박도에 막혀 너무 쉽게 튕겨나갔다.

'젠장!'

견일 등은 내심 욕을 내뱉었다.

할 수 있는 만큼 최선을 다해 은신하고, 공격해 보라는 반악의 지시에 따라 전서술까지 펼쳐 최대한 기척을 죽이고 접근해 기습한 것인데도 별다른 효과를 보지 못했기 때문이었다.

사실 시작할 때부터 큰 기대는 하지 않았다. 이렇게 들킨 적이 처음도 아니었으니까.

하지만 약간이라도 당황하기를 바랐건만.

'감지 능력 자체에서부터 차원이 다른 주인님을 상대로 기척을 숨긴다는 건 무리다.'

셋은 동시에 같은 생각을 했고, 싸움 실력이 가장 뛰어난 견이의 눈짓 신호에 따라 반악을 중심으로 빙글빙글 돌기 시작했다.

기습이 안 된다고 한다면, 다수라는 이점을 통해 차륜의 묘를 살려서 압박을 가하겠다는 의도인 것이다.

견일 등의 모습이 하나의 선으로 이어지고, 그들을 따라 바람이 거세게 일었다.

하지만 반악의 표정은 담담하기만 했다. 박도 끝을 바닥으로 향한 채 가만히 서 있는 그의 모습은, 언제 어느 때든 마음껏 공격하라고 말하는 듯했다.

오히려 그를 중심으로 돌고 있는 견일 등이 더 초조함을 느끼고 있었다.

그들의 움직임은 상대의 시야를 어지럽히고, 심리적 압박을 가하기 위함인데, 반악이 전혀 흔들리지 않고 있으니 역으로 압박을 당하는 기분을 느끼는 것이다.

견이는 이대로 계속 때를 기다리는 게 아무 소용이 없음을, 반악에게는 잔재주가 통하지 않는다는 걸 깨달았다.

그래서 그가 먼저 움직였다.

스슥—

견이는 땅을 차고 낮게 몸을 날리며 반악의 하체를 향해 비수를 휘둘렀다. 약간의 차이를 두고 움직인 견일은 허리를, 견삼은 머리를 노렸다.

처음의 공격과 비슷하지만, 언제든 능동적으로 공격의 방향을 바꿀 수 있다는 점을 감안하면, 마음 편히 막을 수 있는 공격이 아니었다.

하지만 그들이 공격하는 상대는 반악이었다.

츠츠앙!

시기적절하게 무릎 높이만큼 살짝 뛰어오르면서 견이의 비수를 뒤로 흘리고, 허리를 뒤틀면서 견일의 비수 역시 피한 다음, 좌우로 그어올린 박도로 견삼의 비수를 쳐냈다.

세 동작이었으나, 한 동작이라고 착각할 수밖에 없는 빠르고, 정교하고, 완벽한 방어였다.

그러나 견일 등에겐 감탄할 여유가 없었다. 두 번 연달아 방어만 하던 반악이 그대로 땅을 찍고, 공중에서 풍차처럼 발길질을 날렸기 때문이었다.

'윽!'

견일 등은 팔과 가슴을 연달아 걷어차이며 뒤쪽으로 밀려났다.

'어라, 안 아프네?'

재빨리 균형을 잡고 몸을 바로 세운 견일 등은 잠시 어리둥절해했다.

아주 아프지 않다는 게 아니었다. 약간의 욱신거림은 있으나 그 전에 맞았던 경험들을 떠올리면 꿀밤 수준에 불과한 것이다.

'이러면 걱정 없이 공격해도 된다는 거잖아!'

갑자기 자신감이 생겼다.

지금껏 신중에 신중을 기하면서, 이리 뛰고 저리 뛰고, 보다 완벽한 기회를 만들고자 시간을 낭비한 것은 섣부르게 공격을

했다가 돌아올 강력한 반격과 그로 인해 생겨날 끔찍한 고통
에 대한 두려움 때문이었다.

　그러나 반악이 아프게 때리지 않는다고 한다면 공격을 망설
일 이유가 없는 것이다.

　'좋아, 맘껏 공격해 보자!'

　셋은 한 마음이 되어 눈빛을 교환하고 반악을 향해 몸을 날
렸다.

　거침이 없어진 그들은 배고픈 살쾡이처럼 달려들었다. 양손
에 쥔 비수를 발톱처럼 긋고, 찌르고, 그어올렸다. 때론 송곳
이 삐죽하게 튀어나온 발끝으로 내리찍기도 하며 반악을 맹렬
하게 공격했다.

　하지만 그들은 곧 뭔가 이상하다는 걸 깨달았다. 그들의 지
속적인 공격에도 불구하고 반악은 아무런 반격도 하지 않은
채 그저 막기만 하고 있었기 때문이었다.

　그렇다고 방어만 하고 있다는 게 이상하다는 건 아니었다.
단지…….

　'염병, 같은 자리에서 꼼짝도 하지 않고 있잖아!'

　다리를 올리기도 하고, 허리를 뒤로 꺾기도 하고, 빙글 회전
도 하지만, 반악은 처음부터 지금까지 같은 자리에서 그들의
공격을 모두 무용지물로 만들고 있었던 것이다.

　'이런 젠장!'

　견일 등은 화가 났다.

자존심이 너무 상했다. 아무리 반악이 측량하기 힘들 정도로 강하다고는 하지만, 이건 격차가 너무 큰 것이 아닌가.

　특히 견일, 견삼과는 확실한 실력 차를 가지고 있다 자부하고 있었던 견이의 분노는 더욱 큰 것이었다. 지금의 모습은 그나 견일 등이나 굴욕적이기는 매한가지였으니까.

　'애송이 취급을 당할 수는 없다!'

　견이를 비롯한 셋의 얼굴이 굳어졌고, 눈가에 살기가 맺히기 시작했다.

　그들의 마음자세는 비무라는 가벼움을 넘어, 죽기를 각오한, 또한 죽이기를 각오한 필살의 의지로 변해 갔다. 자연히 비수에 맺힌 기운은 더욱 날카로워졌고, 그들은 실전처럼 속임수와 은밀함을 뒤섞어 공격을 퍼부었다.

　'이제야 싸울 맛이 나는군.'

　반악의 느긋했던 표정이 달라졌다. 그리고 처음으로 위치를 이동하기 시작했다.

　같은 자리에서 꼼짝도 하지 않은 채 막기에는 견일 등의 기세가 너무 사납고, 매서워졌기 때문이었다.

　휘리릭.

　좌우로 짓쳐들어오는 비수를 쳐낸 반악은 공중으로 솟구쳐 올라 몇 번이나 회전을 하고, 오른쪽 높다란 나무 위에 내려섰다.

　견일 등은 땅으로 낮게 몸을 날렸다가 세 방향에서 나무를 타고 오르며 반악의 하체를 노렸다.

반악은 나뭇가지를 깊게 짓눌렀다가 그 탄력을 이용해 하늘로 뛰어올랐다. 견일 등이 비수를 맹렬히 휘두르며 뒤따라 솟구쳐 올랐다.

금방이라도 반악의 하체는 그들의 비수에 걸려들어 난도질 될 것만 같았다.

반악은 공력을 끌어올려 손끝으로 몰아넣었다.

우웅—

박도가 진동하기 시작했다.

번쩍!

박도 끝에서 십자 모양의 광채가 번쩍이며 엄청난 압력이 견일 등을 향해 쏟아졌다.

남궁세가의 최고무공인 제왕무적검(帝王無敵劍) 십자광무(十字光懋)의 초식이었다.

'윽!'

견일 등은 양팔을 엇갈려 얼굴을 보호하고, 무릎을 바짝 끌어올려 가슴에 붙이고 몸을 최대한 둥글게 만들었다.

콰당—

솟구쳐 올랐던 속도만큼이나 빠르게 낙하하며 땅에 내동댕이쳐진 견일 등은 충격을 상쇄시키기 위해 바닥을 굴렀다가 벌떡 일어났다.

우지직 쿵!

그들의 옆으로 꼭대기부터 짓이겨지고, 파헤쳐진 나무가 쓰러졌다.

그 위로 반악이 가볍게 내려섰다.

'흩어졌다가 다시 뭉친다!'

반악이 이제부터 본격적으로 반격을 가할 것이라는 건 너무도 뻔한 일.

견이는 눈빛으로, 입모양으로 견일 등에게 신호를 보내고 뒤로 물러났다.

하지만 이미 높이 날아올라 목표를 찾고 있었던 반악이 그를 향해 떨어지고 있었다.

'젠장, 매번 나부터 공격해!'

반악에게 들켜 제압당하던 때도 그러했기에 견이는 내심 욕을 내뱉었다.

하지만 한편으로는 다른 두 사람보다 자신이 더 인정받고 있다는 생각에 뿌듯한 마음도 드니, 참으로 이율배반적이고 웃기는 게 사람의 마음인 모양이었다.

'내가 미쳤나, 이 상황에 무슨 잡생각이야!'

견이는 두 손 가득 비수를 잡았다.

각기 다섯 개씩, 도합 열 개의 비수는 그가 한꺼번에 던질 수 있는 최대의 숫자였다.

하지만 그는 뒤로 물러나기만 할뿐, 곧바로 비수를 던지진 않았다.

이번에 던지면 그가 가진 비수를 모두 사용하는 것이기 때문에 아무렇게나 사용할 수가 없었고, 그래서 가장 적절한 때를 기다리려는 것이다.

그를 향해 떨어져 내리는 반악이 비수를 막느라 방어가 가장 취약해져 있을 때, 견일과 견삼이 효과적으로 공격할 수 있는 가장 적절한 시기를 말이다.

'지금이다!'

반악이 그로부터 두 장 높이에 이르러 박도를 길게 휘두른 순간 열 개의 비수가 견이의 손을 떠났다. 그리고 동시에 견일과 견삼이 반악의 좌우로 뛰어오르며 각기 여섯 개의 비수를 날렸다.

'됐다!'

견이는, 그리고 견일과 견삼은 내심 자신들의 공격이 성공했다고 확신했다.

공중에 떠 있고, 막 도를 휘두른 순간이라 스물두 개나 되는 비수를 모두 막거나, 피할 방법은 없어 보였으니까.

그러나⋯⋯.

티티티티팅—

길게 휘두른 박도를 당기며 반악의 몸이 공중에서 핑그르르 회전을 하고, 그의 몸을 따라 강기의 줄기가 거미줄처럼 뽑혀 나오며, 일시에 그의 전신 요혈을 노리고 날아오던 비수들을 모두 튕겨 버렸다.

"……!"

당황한 견일 등은 반악을 향해 뛰어올랐던 신형을 뒤틀었다. 곧바로 이어질 반격에 대비해 충분히 거리를 벌리기 위해서였다.

하지만 이미 반악의 활짝 펴진 손바닥이 그들을 향해 내질러졌다.

펑! 펑! 펑!

"컥!"

공간을 격하고 날아온 장력에 가슴을 얻어맞은 견일 등은 땅으로 곤두박질치고, 바닥을 굴렀다.

"쿨럭……."

얼른 일어나려고 했지만 이번엔 속이 울렁거릴 정도로 강한 충격을 입었기에, 세 사람은 균형을 잡지 못하고 의지와는 상관없이 좌우로 휘청거리며 주저앉기를 반복했다.

내상의 크기도 작지 않은지 기침을 할 때마다 피가 섞여 나왔다.

"엉망이군."

반악은 박도를 도집에 넣으며 세 사람을 싸늘하게 쳐다봤다.

그의 얼굴엔 정말 한심하기 짝이 없다는 표정이 지어져 있었다.

"처음엔 애송이들처럼 안이하게 덤벼들더니, 조금 싸울 맛이 난다 싶으니까 몇 번 막혔다고 금세 집중력을 잃어버려! 지금 나랑 장난 하냐!"

반악은 말을 하면서 짜증이 더 커졌는지, 갑자기 성큼 걸어오더니 가까스로 몸을 바로잡고 일어서려고 했던 견일 등의 가슴을 걷어찼다.

"하는 일 없다고 젖은 짚단처럼 퍼져 빈둥거리기나 하고, 내가 그런 꼴이나 보겠다고 네놈들을 살려두었는지 알아!"

반악은 쓰러진 견일 등의 복부를 걷어차고, 또 걷어찼다.

"쿨럭!"

단순한 발길질이 아니라 공력을 실어 찬 것이기에, 견일 등은 숨통이 막히는 고통 속에서 의지와는 상관없이 벌레처럼 바동거릴 수밖에 없었다.

하지만 반악은 그런 세 사람을 조금도 동정하지 않았다.

스스로를 단련하지 않으면 약자가 되고, 약자가 되면 죽을 수밖에 없다는 걸 잘 알고 있으면서도 게으름을 자처한 그들은 동정 받을 가치도 없다 생각하기 때문이었다.

무엇보다 그는 동정심이 아니라, 견일 등의 능력을 감안해 그들의 목숨을 끊지 않고 종복으로 삼은 것이다.

즉, 강압적인 방법으로 굴복시키기는 했지만 그들에게 등 뒤의 안전을 맡겼다고 할 수 있었다.

그런데 그런 자들이 이렇게 힘이 약하고 안이한 마음 자세라면, 그 자신의 안전까지도 장담하지 못하고 위협받을 수가 있는 것이다.

"언제까지 누워 있을 거냐. 일어나."

아직 고통이 완전히 가시지 않았지만, 견일 등은 이를 악물고 일어났다.

반악은 잠시 그들을 노려보다가 물었다.

"너희들 기본 무기술은 모두 배웠겠지?"

"예, 주인님."

천문당의 당원들은 어느 한 무기만을 특별히 골라 집중적으로 수련하지 않는다.

뜻하지 않은 상황에서 무기가 없어도 주변에 뒹구는 아무것이나 들고 사용할 수 있도록, 혹은 무림인으로 변장하는데 용이하도록, 거룡방의 다른 무력단 무사들로부터 잡다하다고 조롱을 받을 만큼 다양한 무기술을 배웠던 것이다.

다만, 거의 모든 천문당원들이 비수를 애용하고 있는 것은 은밀히 소지하고, 사용할 수 있다는 편이성 때문이었다.

"이젠 자신만의 무기를 장만해라. 고수들과 정면으로 싸울 만한 무기를 갖춰. 그리고 자신의 사지처럼 능숙하게 사용할 수 있도록 단련해라. 알았냐?"

"예, 주인님."

"앞으로 너희들을 지켜볼 것이고, 틈나는 대로 단련시켜 줄 테니 각오해라. 만약 오늘처럼 날 또 화나게 만들면……."

반악은 말을 끝맺지 않았다.

하지만 그의 냉기어린 표정과 눈동자만 보더라도 그가 무슨 말을 하지 않았는지 충분히 짐작하고도 남았다.

"모두 꺼져."

반악은 신경질적으로 손을 내저었고, 견일 등은 또 무슨 불호령을 받을까 싶어 얼른 현내로 뛰어갔다. 무기를 장만하기 위해 대장간을 찾아가는 것이다.

'결국 모든 것은 자신과의 싸움이라더니……'

견일 등이 고작 며칠 동안의 평화로움 속에서 저리 나태해져 버린 것은 시사하는 바가 컸다.

사람은 아무리 큰 원한의 감정도, 아무리 엄청난 단련의 시간도 환경이 어떻게 변하는가에 따라서 망각할 수 있다는 의미이기 때문이다.

'나 역시도 다르지 않겠지. 그리고……'

반룡복고당도 마찬가지일 것이다.

거룡방에 대한 깊은 원한으로 모인 세력이지만, 창당의 의미를 잊지 않고 끝까지 유지해 갈 수 있다는 건 생각만큼 쉽지 않은 일이다.

세력이란 건 많은 사람이 모이게 된 만큼 이해타산이 대두되기 마련이고, 추구하는 목적에 따라 그 내부에서 크고 작은 무리를 형성하게 되고, 결국 갈등으로 인한 분열이 야기될 가능성을 배제할 수가 없게 된다.

무림의 기나긴 역사에서 증명하듯, 많은 문파들이 강력한 기세로 생겨났다가 힘없이 사라지는 것도 다 그 때문이었다.

그래서 어느 단체에서든 수장의 역할이 중요했다. 강력한 통솔력은 기본이고, 이해타산을 적절히 조절하고, 어느 한쪽으로 쏠리지 않게 분배하여, 사전에 갈등이 생겨나는 걸 막는 게 우두머리의 역할이니까.

'내가 그런 것까지 상관할 이유는 없지만……'

반룡복고당의 당주가 어떤 사람인지 보고 싶었다.

일단 입당을 하고 그들과 함께 거룡방을 상대하기로 마음을 먹긴 했지만, 당주가 그만한 그릇의 인물이 아니라면 시간 낭비할 것도 없이 떠날 생각이었다.

'뭐, 일단은 려강의 수뇌들과 신뢰를 쌓는 게 우선이니까.'

당주를 만나는 일은 나중에 다시 생각해도 늦지 않을 것이다.

반악은 곧 생각을 정리하고 현내로 걸음을 옮겼다.

*   *   *

객잔에 돌아온 반악은 방으로 들어가 다시 운기와 명상에 집중했다.

하지만 이전만큼 집중하기가 어려웠다.

견일 등을 상대로 몸을 풀어보려고 했지만, 그러지 못했기에 일종의 욕구불만 상태라고나 할까.

게다가 얼마 있지 않아 강학청이 찾아와서 충분히 시간을 두고 차분하게 집중할 수도 없게 되었다.

'묵담향이 돌아왔으니, 다른 수뇌들과 만나는 문제를 논하기 위해 온 것이겠지.'

"무슨 일인가?"

주종의 관계를 맺은 이후 반악은 거리낌 없이 하대를 했고, 강학청 역시 이를 당연하게 받아들였다.

"주군, 오늘 진가장의 부 부인이 절 찾아왔습니다."

반악은 생각지도 못한 대답이라 내심 고개를 갸웃거렸다.

"죽은 진 장주의 아내 말인가?"

"예, 맞습니다. 그녀는 진이청과 관련한 일련의 사건을 제가 주도했다 생각하고 있습니다."

"왜지?"

강학청은 잠시 망설이다가 자신이 포쾌에게 손을 써서 물장수를 방면케 하고, 그 딸의 시신을 버려진 관제묘에 안장을 했는데, 그녀가 그걸 알아내고서 의심을 품게 된 것이라고 말했다.

강학청은 자신의 실수 때문에 생겨난 일이라 부끄러웠고, 그래서 고개를 아래로 떨어뜨렸다.

"죄송합니다, 주군. 소인의 감정적이고, 조심성 없는 행동 때문에 일을 그르쳤습니다."

"어차피 진이청을 처리한 것부터가 위험을 각오한 선택이었으니, 기죽을 거 없다."

살짝 거슬리기는 했지만, 반악은 그를 탓하지 않았다.

물장수를 도운 게 잘못이라 할 수도 없었고, 강학청은 질책보다 칭찬을 받을수록 더욱 기가 살고 노력하는 부류이기 때문이다.

"그건 그렇고, 일의 전말을 파악하고도 포쾌들을 대동하지도 않은 채 조용히 찾아온 걸 보면, 뭔가 다른 내막이 있는 것 같은데?"

"생각하신 대로입니다. 그녀는 진이청의 죽음과 관련한 모든 일들에 대해 따질 마음이 없으며, 오히려 도움을 요청하고 싶다 했습니다."

"무슨 도움?"

"지난번 제가 진 장주의 죽음에 관련해서 왕모의 동생인 목허창이 의심스럽다고 말씀드린 것을 기억하십니까?"

"그런데?"

"부 부인 역시 그가 진 장주의 죽음에 깊이 연관되어 있다고 생각하고 있었습니다. 그리고 그녀는……."

"……."

"목허창이 죽기를 바라고 있습니다."

"우리에게 그를 죽여 달라는 말인가?"

"그렇습니다."

"남편의 복수 때문만은 아닌 모양이군."

만약 단순히 복수 때문이라고 한다면 남의 손을 빌려 하기 보다는 직접 죽이고 싶어 했을 것이다.

치정에 얽힌 복수는 원한의 대상이 죽는 것으로 만족하지 않고, 그 끝을 직접 마무리 짓고 확인하려는 경우가 대부분이기 때문이다.

"그녀는 진 가장의 주인이 되길 원하고 있었습니다."

"그렇다면 목허창보다는 시어머니를 먼저 처리해야 하는 거 아닌가?"

"왕모는 지금 의식불명이라 합니다."

"의식불명?"

그렇다면 지난번 예상했던 것처럼 목허창이 이미 손을 써서 누이인 왕모를 처리했다는 뜻이 될 것이다.

"별다른 징조도 없었는데, 며칠 전 갑자기 그렇게 되었다고 하는군요. 주로 밖에서만 활동하던 목허창이 시기적절하게 장원에 들어와 있었고, 왕모의 상태가 외부로 알려지지 않게 재빨리 주변인들의 입을 막았다고 합니다. 그리고 왕모의 건강이 악화되었다는 핑계로 장주대리를 자처한 뒤, 장원의 대소사를 좌지우지하고 있는 중이랍니다. 부 부인은 자신이 진작 의원을 자기 사람으로 만들어 두지 않았다면 감쪽같이 속고 말았을 것이라고 분노하더군요."

"영리한 여자군."

"그리고 목허창이 왕모를 완전히 죽이지 않고 의식불명에 빠트린 건 고의로 그리한 것이라 보여집니다."

왕모가 살아 있어야 그녀의 측근들이 딴 마음을 품지 않을 테고, 그는 진가장의 직계가 아닌 방계의 인물이기 때문에 그녀가 죽게 되면 발언권이 약화될 가능성이 높기 때문이었다.

"하지만 약간 의구심이 드는 점은 그의 행보가 너무 빠르고, 계획적이라는 것입니다. 그는 확실히 욕심이 많은 인물이지만, 제가 예전에 봤을 때는 지금처럼 추진력이 뛰어나거나 꼼꼼한 인물은 아니었습니다. 어쩌면 고의로 자신을 드러내지 않은 와룡이었을 수도 있겠지만 말입니다."

반악은 잠시 생각을 하다가 고개를 내저었다.

"어쨌든 내키지 않는군. 남의 집안 사정에 끼어들 이유도 없고 말이야. 그런데 우리가 도와주지 않으면 어쩌겠다는 거지?"

"진이청 등의 일을 다시 생각해 보겠다고 했습니다."

즉, 곤란해지기 싫으면 자신을 도우라는 협박이었다.

반악은 코웃음을 쳤다. 그 정도로는 자신에게 위협이 될 수 없기 때문이다.

여차하면 그녀를 제거해 버릴 수도 있었다.

"강 점주는 어찌 해야 한다고 생각하나?"

"그녀의 제안을 고려할 가치가 있다고 생각합니다."

"왜지?"

"현재 반룡복고당의 가장 큰 문제는 자금력이 턱없이 부족

하다는데 있습니다. 실제 당의 생계를 꾸려나가는 자금은 려
강에 있는 사업을 통해 얻어지는 수익이 전부입니다. 이런 상
황에서 진가장과 같은 부유한 호족가문의 조력을 얻게 된다
면, 작게는 당원들의 사기를 높이게 되고, 크게는 거룡방이 무
시하기 어려울 만큼 위협적인 대항 단체로서 변화하는 계기가
될 수도 있습니다."

강학청은 반룡복고당이 처한 현실을 정확하게 집어내고 있
었다.

문파를 운영하기 위해서는 그 지역 내에 여러 사업체와 토
지 등을 소유함으로써 고정적인 수입을 유지하고, 토호들과
긴밀한 협조를 통해 새로운 수익을 확보하여, 항시 충분한 자
금을 보유하고 있어야 했다.

그 자금으로 수십 명의 사람들을 먹이고, 입히고, 급료를 주
는 등의 일들이야말로 문파 운영의 기본이라 할 수 있으니까.

하지만 반룡복고당은 그러한 기본 조건조차 충족시키지 못
하고 있는 실정인 것이다.

'주군께선 내 말에 공감이 안 되시는 건가?'

강학청은 반악이 별다른 말도 없이 빤히 쳐다보고만 있자
살짝 불안해졌다.

혹시 자신이 한 말 중에서 뭔가 잘못된 것이 있는가, 하고
말이다.

하지만 그의 걱정은 기우에 불과했다. 반악 또한 경제력의

필요성을 모르는 게 아니었고, 반룡복고당이 우선적으로 해결해야 할 일이라 생각하고 있었으니까.

지금 그가 강학청을 가만히 쳐다만 보고 있는 건 다른 이유 때문이었다.

"그 여자가 원하는 건 남편의 복수를 빙자한 암살이다. 사람의 목숨을 돈으로 평가하는 전문적인 살수들이나 하는 짓이지. 강 점주는 그 사실을 감당할 수 있겠나?"

"……."

순간 강학청의 얼굴이 굳어졌다.

'사람의 목숨을 돈으로 평가한다.'

갑자기 마음이 혼란스럽고, 복잡해졌다.

이미 알고 있기는 했다.

목허창을 죽여 달라는 부 부인의 말을 들었을 때부터 그 의미를 인지하고 있었다. 하지만 반악에게서 직접 그 말을 듣고 나니 느낌이 달랐다.

타인의 심장에 칼을 쑤시고 피를 뒤집어쓰면 이렇게 느껴질까, 하는 기분이었다.

하지만 그로서는 확신할 수 없는 기분이기도 했다. 사람을 죽여본 적도 없고, 피와 살이 튀도록 치열하게 싸워본 적도 없는 그에게는 미지의 기분일 뿐이니까.

'그래서 나는 책사일 수밖에 없는 것이다.'

직접 누군가를 죽여서 손에 피를 묻히는 게 아니라, 치밀하게 계획을 짜고 이득을 따져서 다른 사람의 손을 빌어 타인을 다치게도 하고, 죽게도 만드는 게 그의 몫이었다.

'난 이제 새로워져야 한다. 지금은 다른 무엇보다 없다고 생각했던 내 안의 고루한 벽을 깨야 할 때다.'

강학청은 이제야말로 정과 사에 연연하지 않는 순수한 무림인으로서 거듭나야 할 때라고 생각했다.

때론 사람의 목숨을 두고 저울질할 줄 아는 냉혹함을 지녀야 한다고 말이다.

강학청은 반악을 똑바로 쳐다보며 말했다.

"이제는 감당할 수 있습니다."

"다행스런 일이군."

반악은 만족스런 대답이라는 듯 고개를 끄덕였다.

하지만 그의 의문은 끝난 게 아니었다.

"그렇다면 다른 수뇌들이나, 본거지의 당주도 이 일을 용납하리라 보는가?"

"……!"

풀어졌던 강학청의 낯빛이 다시 굳어졌다.

'그들이 용납할 리가 없지.'

육 주인을 비롯한 소수의 사파문 출신들은 잠시 인상을 찡그리긴 하겠지만, 크게 개의치는 않을 것이었다. 하지만 당주를 시작으로 대부분은 정파문 출신이기 때문에 매우 강한 거부감을 드러낼 게 분명했다.

강학청 또한 진작 반악을 만나지 않았다면, 그의 책사가 되지 않았다면, 진이청을 죽이는 등의 계책을 구상하지 않았다면, 이 제안에 대해서 오랫동안 심각하게 고민하고, 또 고민했을 것이다.

결국 나중에는 그래야만 한다고 결단을 내렸겠지만.

"이 일은 우리들만 아는 게 좋을 듯합니다."

"모두를 위해 나만 똥물을 뒤집어쓰면 된다는 뜻인가?"

"글쎄요. 그게 꼭 희생이라 생각하지는 않습니다. 그저 필요하기 때문에 하는 것일 뿐입니다. 아무리 진실이라고 해도, 분란이 생길 일을 굳이 밝힐 필요는 없으니까요. 이를테면, 모르는 게 약이란 말이 있지 않습니까."

반악은 내심 웃었다.

어찌 보면 자신이 신분을 위장하고, 반룡복고당에 입당해 거룡방과 싸우려고 하는 것도 같은 맥락으로 볼 수도 있다는 생각이 들었기 때문이다.

물론, 그 자신의 생각일 뿐이고 남들은 인정하지 않을 수도 있을 것이다.

"그렇다면 그 여자의 요청을 받아들이기 전에 주고받을 내용물을 분명히 정해 두는 게 좋겠군."

"그 말씀은……?"

"직접 만나봐야겠어."

"만날 날짜를 정해 통보할까요?"

"아들과 남편의 상을 치르고 있는 여인이 자주 외출을 하게 되면 사람들의 지탄을 받게 되지. 그 여자가 장원 사람들에게 신용을 잃게 되면 진가장의 주인이 되는 것에도 지장을 받을 수 있으니, 우리에게도 좋지 않은 일이야. 내가 조만간 사람들의 눈을 피해서 찾아간다고 전해."

"알겠습니다. 그리고 묵 소저가 돌아왔습니다. 제가 미리 언질을 해둘 테니, 내일쯤 청운객잔을 찾아가셔서 주군의 존재를 알리시는 게 어떠시겠습니까?"

"미룰 이유가 없지."

"그럼, 내일 저녁 주군을 모시러 오겠습니다."

"알겠다."

강학청은 정중히 인사를 하고 객방을 나갔다.

그리고 반악은 다시금 운기와 명상에 집중하고자 눈을 감았다.

*　　　*　　　*

대장간에서 각자 마음에 드는 무기들을 구입한 견일 등은 객잔으로 돌아오는 중이었다.

"려강에서 이런 물건들을 구할 수 있었으니, 정말 운이 좋았어."

낫이라고도 부르는 초겸 두 개를 등에 엇갈려 매고 있는 견일은 흐뭇한 표정이었다.

"주제도 모르는 놈들이 위세를 떨겠다고 맞지도 않는 무기를 가지고 있었던 덕분이었지."

견삼은 요대처럼 허리에 두르고 있는 연편을 손으로 두드리며 호응했다.

그들이 려강의 대장간에서 구한 물건들은 아무 대장간에서나 구할 수 있는 물건들이 아니었는데, 최근 청사파가 무너지면서 그들 조직원들이 지니고 있던 좋은 무기들이 대장간으로 유입되었던 것이다.

"넌 왜 그리 말이 없어? 무기가 마음에 안 드는 거냐?"

견삼은 아까부터 아무 말도 않고 있는 견이를 이상하단 눈빛으로 쳐다봤다.

견이는 특히 만들기가 힘들고, 사용하는 이도 드물어서 구하기가 어려운 륜을 두 개나 등에 차고 있었는데, 표정은 무척 딱딱하기만 했다.

마치 모든 것들이 불만스럽다는 듯이.

견일은 그가 왜 그러는지 대충 짐작하고 있었다.

"그냥 놔둬. 주인님한테 맞은 거 때문에 그런 거니까."

"이번이 처음 맞은 것도 아닌데, 뭘 뚱해 있는 거야."

견삼은 새삼스러울 게 있냐는 반응이었다.

갑자기 걸음을 멈춘 견이는 그를 노려보며 말했다.

"넌 자존심도 없냐?"

"무슨 자존심?"

"옷깃 하나 못 건드렸다. 주인님이 아무리 강해도 셋이서 옷깃 하나 못 건드렸다고."

"주인님은 강하잖아. 광존하고 맞짱을 뜨는 사람이라고. 그리고 지난번에 이형환위를 펼치는 거 너도 똑똑히 봤지. 우린 죽었다 깨어나도 따라잡을 수가 없어."

견이는 코웃음을 쳤다.

"그래서 넌 추적술이 특기인 거고, 난 암습이 특기였던 거다."

우뚝 멈춰 선 견삼의 표정이 굳어졌다.

"견이, 너 내 실력을 무시하는 거냐?"

"그렇다면?"

"그럼 이 기회에 고하를 가려볼까?"

"나야 거부할 이유가 없지."

두 사람 사이에 보이지 않는 불꽃이 튀었다.

하지만 견일은 두 사람이 부딪치게 놔둘 수는 없었다.

"이봐, 그만 둬. 같은 배에 탄 동료들끼리 싸워서 뭘 어쩌겠다는 거야. 그리고 내상을 입은 몸으로 무리를 했다가는 앞으로 쭉 후유증에 시달릴걸."

마지막 말이 견이와 견삼의 마음을 움직였다.

무림에선 몸뚱이가 가장 큰 재산이었으니까.

하지만 견이는 마지막으로 분명히 말을 해두어야만 할 게 있었다.

"아까 주인님이 한 말을 기억하고 있겠지? 넌 앞으로도 지금 같은 마음자세라고 한다면, 결국엔 버려지게 될 거다."

"……!"

견삼의 낯빛이 분노로 붉어지다가 얼마 있지 않아 살짝 창백해졌다.

처음엔 화가 났지만, 가만 생각하니 견이의 말이 맞기 때문이었다. 오늘 반악은 그들에게 살기와 독기로 가득차서 죽기살기로 공격하길 원했었다. 그러지 못한 것에 대해 짜증을 내며 그들이 내상을 입을 정도로 때리지 않았던가.

반악이 그들에게 원하는 건 굽실거리기나 하고, 아부나 떠는 게 아니었다. 철저하게 능력과 실력을 요구하는 것이다.

앞으로 확실하게 능력과 실력을 입증하지 않는다면, 이가 빠지고 녹슬어 버린 병기처럼 쓸모없다 하여 가차 없이 버려질 수도 있었다.

견삼은 다시 앞으로 걸어가는 견이의 등에 대고 말했다.

"네 말을 참고하겠다."

견이는 대꾸하지 않았다. 견일도 묵묵히 견삼과 보조를 맞춰 걷기만 했다.

하지만 세 사람이 다시 하나의 끈으로 연결된 것은 분명했다.

반악의 밑에서 인정받으려면, 반악의 종복으로서 살아남으려면, 그리고 그들이 천문당을 배신하고 부와 명예를 얻기 위해 반약을 따른 결정에 후회하지 않으려면, 정말 강해져야만 한다는 공감대가 형성된 것이다.

세 사람은 자신들끼리 싸울 이유도 여유도 없음을 확실히 인식하고, 저 앞으로 보이는 객잔으로 빠르게 걸어갔다.

"……."

그들이 객잔 안으로 들어가자, 일층을 채우고 앉아서 밥을 먹거나 술을 마시고 있던 손님들이 일시에 입을 다물었다.

시끌시끌하게 내부를 채우고 있던 소음 역시도 단번에 사라져버렸다.

'너무 튀었나?'

갑자기 조용해진 이유야 뻔했다.

사람들의 시선 속엔 궁금증과 의문, 그리고 두려움이 뒤섞여 있었다. 견일과 견이가 지닌 독특하고, 날카로움으로 번뜩이는 무기 때문이다.

이러한 주목은 견일 등에게 묘한 기분을 느끼게 했다.

천문당원 시절, 그들은 임무 때마다 사람들로부터 주목 받지 않는 걸 첫 번째 목표로 삼아야 했었고, 이제까지 그런 무관심이 익숙해져 있었으니까.

하지만 이젠 인피면구로 제법 보기 좋은 외모에, 독특한 무기까지 지녀 자연히 시선을 모으는 존재들이 된 것이다.

'앞으로 이런 것에 익숙해져야겠군.'

세 명은 이렇게 주목 받는 것도 나쁜 기분은 아니라고 생각하며, 사람들의 시선을 뒤로 흘리고 이층으로 올라가 반악이 머무는 객방 앞에 이르렀다.

"주인님, 소인들입니다."

"들어와."

아까전의 일도 있고 해서, 방으로 들어가는 견일 등의 몸가짐은 더욱 조심스러웠다.

"……"

반악은 잠시 동안 그들이 지닌 무기들을 가만히 쳐다보았다.

그리고 무슨 생각인지 강학청을 통해 준비해 두었던 문방사우를 꺼내들었다.

'뭘 하시려는 거지?'

견일 등은 갑자기 먹을 갈고, 종이를 펼쳐 세필에 먹물을 묻히는 반악을 의아한 시선으로 보았다.

'어디 서신이라도 보내시려는 건가 보군.'

처음엔 그렇게 생각했다.

하지만 거의 한식경 동안 하는 모양새를 보니 단순히 글만 쓰는 게 아닌 것 같았다. 감히 고개를 쭉 내밀어 확인할 수는 없었지만, 세필을 움직이는 손놀림이 때론 크고, 작고, 현란했기 때문이다.

"견일."

반악이 뭔가를 쓰고, 그려 넣은 종이 세 장 중에 하나를 그에게 내밀었다.

영문도 모르고 받아든 견일은 종이를 펼쳐보고는 놀라서 눈을 크게 떴다.

작긴 하지만, 마치 살아 있는 듯 갖가지 자세로 움직이는 사람모양의 그림들. 그리고 그 옆에 깨알 같은 크기로 동작에 대해 설명한 글씨들.

'무공의 초식이다!'

그것도 쌍초겸을 사용할 수 있는 무공초식이었다.

고작 열두 동작으로 이루어진 한 초식에 불과하긴 했지만, 척 보기에도 대단한 기교가 필요한 무공이었다.

이어서 종이를 받은 견이와 견삼의 표정도 그와 다르지 않았으니, 그 종이에도 무공 초식이 그려지고 설명되어져 있는 게 분명했다.

"틈틈이 익혀둬라."

"……!"

견일 등의 얼굴은 저도 모르게 감격으로 물들었다.

반악이 그들에게 전혀 생각도 못하고, 짐작도 못하고, 기대조차 하지 않았던 선물을 준 것이기 때문이다.

그들은 마치 신호를 주고받기라도 한 것처럼 한쪽 무릎을 꿇었다.

"이 한 목숨 다할 때까지 주인님께 충성을 다하겠습니다!"

그리고 세 사람은 생각했다.

'내가 이런 유치한 행동을 할 줄이야.'

하지만 전혀 부끄럽지 않았다. 도리어 가슴을 휘몰아치는 감격의 크기가 더욱 커질 뿐이었다.

'단순한 녀석들.'

반악은 내심 헛웃음을 지으며 말했다.

"그 초식들을 얼마나 완벽하게 익히느냐에 따라 더 알려줄지, 말지를 결정하겠다."

"명심하겠습니다, 주인님!"

"이렇게까지 했는데도 실력이 나아지지 않는다면, 우리의 관계는 거기서 끝이 날 거다."

견일 등은 반악의 냉혹한 경고에도 연신 힘차게 대답했다.

"명심, 또 명심하겠습니다, 주인님!"

"나가봐."

"주인님."

"왜?

"여기 모르는 글자들이 있어서…….''

견일 등은 까막눈이 아니었고 어느 정도는 읽을 줄 알았지만, 반악이 그림들 옆에 써준 글들 중에는 그들이 모르는 것도 많았던 것이다.

반악은 살짝 인상을 찡그렸다.

"내가 그것까지 자세히 알려주랴?"

"그래주시면 감사하지요."

"죽을래?"

그제야 반악이 짜증을 느끼고 있다는 걸 눈치챈 견일 등은 급히 고개를 내저었다.

"아, 아닙니다."

"익히고 싶으면 능력껏 알아내."

"복명!"

세 사람은 얼른 깊은 공경의 자세로 포권을 취하고 방을 나갔다.

'이게 잘한 일인지 모르겠군.'

원래는 무공을 가르쳐 줄 생각 같은 건 전혀 없었다.

견일 등이 특정한 움직임에 단련되어지고, 습관이 굳어진 상태이기 때문에 새로운 무공을 익힌다고 얼마나 큰 도움이 될까 하는 생각이 들었기 때문이다.

하지만 아무리 생각해도 이대로는 실력향상을 기대하기가 힘들었다. 그래서 고민 끝에 한 초식씩 알려주고, 그 성취 정도에 따라 더 알려줄지, 말지를 결정하기로 한 것이다.

'귀찮긴 하지만, 저들을 종복으로 삼은 순간부터 이런 귀찮음은 예견되어진 것이나 마찬가지니까.'

반악은 기분이 묘했다.

결국 자신의 안위와 이득을 위해서이기는 하지만, 남을 신경 쓰는 것이지 않은가.

반악은 더 생각하지 않기로 했다. 그냥 자신의 기분에 따라, 필요하다면 그렇게 하면 되는 것이 아니겠는가.

그는 눈을 감고, 다시 운기와 명상에 집중하기 위해 노력했다.

                    *   *   *

다음 날.

반악은 어둠이 짙게 깔릴 무렵 찾아온 강학청과 함께 객잔을 나섰다.

그리고 지난번 육 주인을 뒤쫓으며 반악에게도 낯익어진 길을 따라 청운객잔에 도착했다.

시끌시끌.

강학청과 들어선 객잔 일층엔 손님들이 제법 많았다.

마을 외곽으로 너무 외져 있다고 생각했었는데, 서쪽 관도를 통해 오가는 외지인들이 꽤나 많았던 모양이었다.

"아, 강 점주, 어서 오시오."

계산대에 앉아 있던 뇌 객주가 일어나며 마치 손님을 대하듯 인사를 건넸다.

"내가 방으로 안내해 드리리다."

두 사람은 앞장서는 뇌 객주를 따라 이층을 거쳐 삼층으로, 그리고 구석진 방에 들어가 침상 옆으로 잘 보이지 않게 놓은 사다리를 통해서, 반악이 이미 본 적이 있었던 다락방으로 올라갔다.

그곳엔 이미 몇 명의 사람들이 자리를 잡고 있었다.

육 주인, 마 관주, 묵담향, 그리고 그녀와 함께 려강에 온 이름 모를 사내.

"반 소협, 오랜만이에요."

묵담향이 먼저 밝게 웃으며 인사를 했고, 반악은 평소 그답지 않은 부드러운 태도로 인사를 받았다.

"그동안 잘 지냈소?"

"덕분에 무사히 돌아와 잘 지냈어요."

그때 뇌 객주가 헛기침을 하며 두 사람의 대화를 끊었다.

그는 묵담향에게 이 자리가 사적인 자리가 아님을 유념하라는 의미의 질책어린 눈짓을 보냈다. 그리고 자신이 려강의 책임자임을 암시하듯 먼저 입을 열었다.

"난 뇌혁강이라 하오."

"반악이오."

뇌혁강을 비롯한 다른 이들의 눈살이 살짝 찌푸려졌다.

'어린 것이 건방지군. 남궁세가의 후인이라는 자신감인가.'

그들 모두 반악이 남궁세가의 계승자를 자처하고, 거룡방에 복수하고자 반룡복고당에 들어오려 한다는 걸 강학청에게 들어서 알고 있었다.

"반 소협에 대한 이야기는 강 점주에게 대략 전해 들었소.

남궁세가의 전인이라던데, 사실이오?"

"그렇소."

"기분 나쁘게 할 생각은 없으나 묻지 않을 수가 없구려. 반 소협이 남궁세가의 전인임을 증명할 징표 같은 걸 가지고 있으시오?"

"징표는 없소."

뇌혁강은 난감하다는 표정을 지었다.

"그렇다면 우리가 무엇을 근거로 반 소협이 남궁세가의 전인임을 믿어야 한단 말이오."

더구나 남궁세가의 성을 따르는 것도 아니질 않은가.

하지만 반악은 전혀 문제 될 것이 없다는 듯 말했다.

"무공으로 증명하겠소."

"아!"

남궁세가가 멸문하고 완전히 맥이 끊겼다고 하는, 거룡방도 손에 넣지 못해 안타까워했다고 하는 비전의 무공들.

그것이야말로 가장 확실한 징표가 될 수 있을 것이었다.

하지만 문제는 아직 남아 있었다. 본거지에 있는 당주라면 모를까, 이곳에서는 남궁세가의 무공을 알고 있는 사람이 아무도 없는 것이다.

그때 마 관주가 입을 열었다.

"뇌 객주님. 반 소협이 남궁세가의 전인인지에 대한 진의 여부를 확인하기에 앞서 한 가지 묻고 싶은 게 있습니다."

뇌 객주는 고개를 끄덕여 발언을 허락했다.

"반 소협, 혹시 진가장의 진이청을 알고 있으시오?"

"알고 있소."

"단도직입적으로 묻겠소. 반 소협이 진이청을 죽였소?"

모두 왜 갑자기 그런 말을 묻는 것인가, 하고 의아한 시선으로 마 관주를 쳐다보았다.

"제가 그 일에 대해 묻는 이유는 지난 번 다관의 손님으로 왔었던 반 소협이 특별한 이유도 없이 오랜 시간 대로를 관찰하는 걸 보았기 때문입니다. 또 물장수와 그 딸이 진이청에게 희롱당하는 자리에도 있었습니다. 그리고 그 일이 있은 지 얼마 되지 않아 진이청이 살해되는 일이 발생했으니, 참으로 공교로운 일이 아닙니까."

"그게 무슨 공교로운 일이란 말입니까!"

강학청이 더는 참지 못하겠다는 듯 끼어들었다.

하지만 마 관주는 그런 반응에 희미하게 득의어린 미소를 지었다.

"왜 강 점주가 화를 내고 그러시오? 혹시 강 점주도 그 일에 개입되어 있었던 게 아니오?"

강학청은 내심 아차, 했다.

반악의 모든 것들이 진이청의 죽음과 연관성이 있다면서 억지스럽게 의문을 제기한 건, 바로 이런 반응을 유도하기 위함이었던 것이다.

'어떻게 해야 하나?'

강학청은 진이청에 대한 이야기를 할 것인지, 말 것인지 고민했다. 하지만 그 일을 이야기하게 되면 부용설의 제안을 받아들이는 것에 문제가 생길 가능성이 있었다.

또한 사실을 밝히는 것에 대해 반악이 어찌 생각할지도 걱정이었다.

'주군과 이 문제를 미리 논의했어야 했는데……'

그때 반악이 입을 열었다.

"진이청은 내가 죽였소. 그리고 강 점주는 그 일과 아무런 상관이 없소."

"……!"

모두 놀란 표정으로 반악을 쳐다봤다.

최근 진이청이 죽은 것 때문에 려강이 떠들썩했고, 여러 소란이 일어났었는데 반악이 장본인이라고 하니 어찌 놀라지 않을 수 있겠는가.

게다가 조금도 거리낄 것이 없다는 듯한 반악의 당당한 대답과 표정이 그들을 당혹케 했다.

마 관주는 걸려들었구나, 하는 표정을 지으며 말했다.

"의구심이 들긴 했어도 아니길 바랐는데, 결국 반 소협의 짓이었구려."

그는 반악이 매우 큰 범죄를 저지르기라도 했다는 듯 고개를 내저으며 혀를 찼다.

그리고 뇌혁강을 바라보며 말했다.

"전 반 소협이 남궁세가의 전인이냐 아니냐를 떠나서, 그의 입당에 대해서 아주 깊이 심사숙고해야 한다고 봅니다."

강학청은 뇌혁강을 노려보며 반발했다.

"지금 마 관주는 패악한 짓이나 일삼던 진이청을 죽여, 모든 이들에게 일벌백계의 교훈을 남긴 행동이 잘못이라고 말하는 것입니까?"

"이건 진이청의 문제가 아니오. 반 소협의 행동은 우리 모두를 위험하게 만들 수가 있소. 애초 강 점주가 현실을 외면한 채 진이청에게 대가를 치르게 해야 한다고 주장했을 때, 우리 모두가 반대한 이유를 벌써 잊었소? 만약 진가장이 계속 의구심을 품고 진이청을 죽인 자를 찾겠다고 한다면 어쩌겠소? 뇌객주님께서도 그 일을 우려하여 강 점주의 주장을 반대한 것이 아니냔 말이오."

마 관주는 뇌혁강까지 끌어들이며 은근슬쩍 자신의 주장을 강화시켰다.

강학청은 지난날 그의 의견이 묵살되었던 이야기를 들먹이면서, 또다시 그가 현실을 외면하고 있다고 폄하하는 마 관주에게 너무 화가 났다.

주군으로 모시게 된 반악의 앞에서 매도당하는 것이기에 더욱 그러했다.

이때, 묵담향이 입을 열었다.

"전 그때 이곳에 없었기에 뭐라 말씀드리기가 어렵지만, 반 소협이 왜 진이청을 죽이게 되었는지 그 이유를 들어보아야 한다고 생각해요."

"저도 사정을 모르기는 묵 소저와 마찬가지이나, 역시 이유 를 들어봐야 한다고 생각합니다."

이름 모를 사내도 거들고 나서자, 묵담향은 그에게 고맙다 는 듯 미소를 지어보였다.

'진짜 이 자식은 뭐야?'

반악은 새삼 사내의 정체가 궁금해졌다.

그러나 지금은 그보다 더 중요한 문제가 대두된 상황이기에 내색하지 않고 조용히 관조하기만 했다.

"나도 반 소협에게 그 이유를 들어봐야 한다고 보네."

뇌혁강은 묵담향이 당주의 양녀이기 때문에 그녀의 의견을 무시할 수 없는 모양이었다. 아니면 이름 모를 사내의 동조가 큰 힘이 되었던가.

어쩌면 남궁세가의 후인을 자처하는 반악을 놓칠 수 없다고 생각했는지도 몰랐다.

남궁세가는 오랫동안 안휘 최고의 무림세가였고, 지금도 많 은 무림인들이 거룡방이 안휘를 대표하기에는 남궁세가에 비 해 부족하다고 여기는 만큼, 그 후인을 자처하는 사람의 입당 은 반룡복고당에 여러 의미를 줄 수 있기 때문이다.

제 삼자에 속한 무림인들의 지지를 이끌어낼 수 있을 만한 큰 명분을 얻게 되는 것이다.

"반 소협, 왜 진이청을 죽였소?"

그의 입당을 반대하는 의견이 오가는데도 묵묵히 보고만 있던 반악은 간단하게 대답했다.

"내가 보기에 그는 죽어야 할 사람이기 때문이오."

"……."

뇌혁강은 잠시 할 말을 잃었다가, 다시 물었다.

"이유가 그것뿐이오?"

"그뿐이오."

무거운 침묵이 흘렀다.

그를 옹호하려고 했던 묵담향과, 내막을 모두 알고 있고 그래서 정당한 행동이었다고 생각하는 강학청 역시 할 말을 찾지 못할 정도였다.

마 관주가 헛웃음으로 침묵을 깨며 말했다.

"하! 반 소협은 참으로 광오하구려. 그 말인즉, 죽어야 한다고 생각하면 상대가 그 누구라도 가차 없이 죽이겠다는 뜻이 아니오. 솔직히 내 심정을 말하자면, 반 소협이 우리 반룡복고당과 맞지 않는 사람이라는 생각까지 드오."

뇌혁강의 표정을 보니 그 말에 공감하는 듯 보였다.

하지만 반악은 조금의 흔들림도 없이 마 관주를 똑바로 쳐다보며 물었다.

"그 말을 들으니 나도 당신에게 궁금한 게 생겼소."

"내 이름은 마동찬이오. 그러니 마 관주라 부르시오. 그리고 난 무엇도 거리낄 것이 없으니, 반 소협은 무엇이든 물어보시오."

"지금껏 마 관주의 손에 죽은 이들은 어떤 이유로 죽은 것이오?"

"……"

마 관주는 바로 대답하지 못했다.

그 질문의 의미를 눈치채고 당황한 것이다.

하지만 반악은 대답을 다그치지 않았다. 그냥 조용히 그의 눈동자를 빤히 쳐다보기만 했다.

잠시 고민하던 마동찬은 약간 흥분한 음성으로 대답했다.

"내 손에 죽은 이들은 어느 한 가지 이유만으로 죽은 것이 아닌데, 어찌 그 모두를 설명할 수가 있겠소."

"그럼 그중 한 가지만 말해 보시오."

"좋소. 가장 최근에 내 손에 죽은 이들은 거룡방의 무사들이었소."

반년 여 전, 거룡방의 무리를 단신으로 공격했던 일을 말하는 것이다.

"나의 가문과 내 가족과 동료들을 죽인 자들을 죽인 것이니, 하늘을 두고 한 점 부끄러움이 없소."

"그건 당신만의 생각이잖소."

"뭐요?"

"당신에게 죽은 무사들은 그리 생각하지 않을 것이오. 또한 그 무사들의 가족과 동료들 또한 그들의 죽음이 당연하다고 수긍할 수 없을 것이오. 그들의 입장에선 당신이야말로 죽어 마땅한 사람이라 여겨질 것이오."

"그게 무슨 말도 안 되는 소리요!"

마동찬은 버럭 화를 냈다. 그러나 반악은 어깨를 으쓱이며 담담한 자세로 대응했다.

"그것이 말도 안 되는 소리라 한다면, 내 더 무슨 소리를 하겠소. 하지만 모든 건 내 자신의 생각과 가치관에 따라 보이고, 결정되는 것이오. 선악과 정사의 구별 또한 그러하오. 내가 중심이 되지 않고는 옳고 그름의 차이는 무의미한 것이오. 그러니 진이청이 죽어야 한다고 생각했고, 그래서 죽인 것은 나에게 있어서 매우 옳은 일이었소. 설사 남들은 그렇게 생각하지 않는다고 해도, 난 하늘을 두고 한 점 부끄러움을 느끼지 않소."

"……."

마동찬은 얼굴만 붉힐 뿐 대꾸하지 못했다.

원래 그런 말들은 사파인들이나 하는 자기중심적인 헛소리라고 반박을 해야 하는데, 바로 옆에 사파문 출신인 육 주인이 있지 않은가.

"두 사람 다 이제 그만들 하시오."

지금껏 말리지 않았던 뇌혁강이 갑자기 분위기를 조정하고 나선 것은, 마동찬이 언쟁에서 패배한 것처럼 보였기 때문이다.

게다가 누구의 말이 맞느냐 아니냐 하는 점을 떠나서, 이미 벌어진 일들을 두고 왈가왈부하기에는 너무 늦은 일이라 생각되기도 했다.

"오늘은 이쯤에서 자리를 파해야 할 것 같소."

원래는 이렇게 끝낼 회합이 아니었다.

사실 반악의 입당에 대해선 순조로울 것이라 예상했고, 그 외적으로 많은 이야기를 나누고자 했었는데, 막상 만나보니 입당에서부터 단순한 잣대로 결정하기에는 뭔가 곤란한 점이 있어 보였던 것이다.

일단 반악이 대충 어떤 사람인지를 알았으니, 입당에 대한 논의는 그가 없는 자리에서 해야 하지 않겠는가.

사람을 앞에 두고 되니 안 되니 하며 논쟁을 벌이는 것도 우스운 일일 테니까 말이다.

"반 소협은 이만 돌아가 주시오. 조만간에 연락을 드리리다."

"알겠소."

반악이 불쾌해하지 않고 쉽게 받아들이며 일어서자, 강학청이 배웅을 하겠다며 따라 일어섰다.

"조심히 가세요."

두 사람은 유일하게 일어나서 인사를 하는 묵담향과 그저

고개만 살짝 끄덕여 보이는 나머지 사람들을 뒤로하고 아래층
으로 내려갔다.

* * *

반악과 강학청이 아래층으로 사라지고, 다락방엔 잠시 무거
운 침묵이 돌았다.

먼저 입을 뗀 것은 마동찬이었다.

"전 반대입니다."

뇌혁강은 곤란하다는 듯 고개를 내저었다.

"강 점주가 돌아오지 않았으니, 조금 뒤에 이야기합시다."

"그는 반 소협을 적극 지지하는 사람인데, 그의 말은 들어
보나마나 뻔한 것이 아닙니까."

"그렇기는 하지만……."

"솔직히 전 여러 가지로 그가 의심스럽습니다. 일일이 다
열거할 수 없어 몇 가지만 예로 들자면, 아무리 오지에서 살았
다고 해도 남궁세가가 멸문하는 것을 몰랐다니요. 무림 전체
로 봐도 엄청난 충격과 논란을 주었던 사건인데 말입니다. 또
한 미묘한 때에 나타나 입당을 요구하면서 진이청의 일로 쓸
데없이 분란을 일으킨 것도 이상한 일이 아닙니까. 모두 그렇
게 생각하지 않으십니까?"

강하게 동조를 요구하는 마동찬의 시선을 받자, 뇌혁강과

육 주인 역시 미미하게나마 고개를 끄덕였다.

하지만 묵담향은 생각이 달랐다.

"그는 비룡지에서 섭무백 님과 저에게 미리 위험을 알려 도 주할 기회를 주었고, 나중에는 절 구해 주기까지 했어요. 그 사실만으로도 불순한 의도가 없다고 봐야 하지 않을까요?"

하지만 마동찬은 그 또한 의심스럽다는 듯 더욱 목소리를 높였다.

"묵 소저의 말을 처음 들어보았을 때부터 느꼈던 것이지만, 그의 등장이 너무 시기적절하지 않았소? 그리고 묵 소저를 해 하려 했던 자와 반 소협이 숲으로 들어갔다가 그 혼자서 나왔 다고 하는데, 그 안에서 어떤 일이 있었는지 누가 알겠소이 까?"

"마 관주님의 말씀은 그가 거룡방의 사람일 수도 있다는 뜻 인가요?"

"꼭 그렇다는 건 아니지만, 여러 가지로 의심이 든다는 건 부정할 수 없는 일이오."

"글쎄요. 거룡방의 영향력이 안휘 곳곳에 퍼져 있고, 그에 비해 우리의 힘은 미약하여 매사에 신중히 하고, 조심해서 나 쁠 것은 없습니다. 하지만 반·소협에 관해서는 너무 까다로운 잣대를 들이대는 게 아닌가, 우려가 되는군요."

게다가 비룡지에서 있었던 일에 대해 묵담향은 따로 의심하 는 방향이 있었다.

비룡지를 떠나 려강으로 귀환하는 동안 곰곰이 생각을 해보니, 그녀와 섭무백이 금세 종적을 들키고 쫓기게 된 데에는 사전에 그들의 행보가 거룡방에 포착되었다고밖에 볼 수가 없었던 것이다.

그래서 이번에 그녀가 섭무백과 본거지로 가기 전, 혹시 모른다는 노파심에 떠날 시기를 뇌혁강에게조차 알리지 않고 아무도 모르게 급히 떠났고, 당주를 만나 려강에 적의 간자가 있는 것 같다며 의견을 구했었다.

당주는 일단 그녀에게 의구심을 혼자만 간직하고, 그의 셋째 제자인 공추걸을 같이 보낼 테니 은밀히 주변을 잘 살펴보도록 하라는 지시를 내렸다.

그래서 그녀는 반악이 비룡지의 일과 연관되어 의심하는 것은 무리가 있다고 이야기하는 것이다.

간자는 그녀가 반악을 만나기도 전에 이미 려강에 침투해 있었다고 봐야 하니까.

하지만 마동찬은 그녀의 말을 수긍하기가 어려운 모양이었다.

"난 오히려 묵 소저가 그에게 구함을 받았다는 단편적인 상황으로 인해 너무 큰 믿음을 주는 게 아닌가, 하고 우려가 되오."

사심 없이 들으면 걱정하는 말로 여겨야 하겠지만, 다르게 생각하면 그녀의 판단이 객관적이지 못하다는 불신이 밑바탕에 깔린 것이라고 해도 무방했다.

묵담향은 바보가 아니기 때문에 당연히 그 의미를 감지했다. 하지만 불쾌한 기색 하나 없이 담담히 고개를 끄덕였다.

"목숨을 구함받은 것은 평생을 두고 갚아도 부족할 만큼 매우 큰일이기 때문에, 절대 영향을 주지 않았다고 말씀드릴 수는 없어요. 하지만 마 관주님이 바로 면전에서 의심이 든다고 말을 했음에도, 그의 낯빛은 조금도 변하지 않았어요. 뭔가 감추는 구석이 약간이라도 있었다면 오히려 화를 내지 않았겠어요?"

"세상에는 검은 속을 잘 감추기도 하는 자가 많소이다."

"물론, 그렇겠지요. 하지만 그 외적인 상황을 따져보아도 그는 우리에게 매우 큰 힘이 될 수 있는 사람임이 분명해요. 전 그의 입당을 거부하게 되면, 손에 쥔 옥을 돌이라 폄하하고 내던져 버리는 우를 범하는 것과 같다고 봐요."

"허허, 옥이라니……."

마동찬은 어이가 없다는 듯, 마치 반악에 대한 그녀의 평가가 너무 과하고, 상식을 벗어난 게 아니냐는 듯 헛웃음을 지었다.

"육 주인은 어찌 생각하시오?"

두 사람의 이야기를 가만히 듣고 있던 뇌혁강은 갑자기 육주인을 쳐다보며 물었다.

원래부터 말이 많은 사람이 아니었고, 머리를 쓰는 일과도

거리가 멀었으며, 모든 걸 단순하게 보는 경향이 심한 인물이었지만, 그러하기에 가끔씩 쓸데없는 포장 없이 요점만을 정확히 집어내는 경우도 있었던 것이다.

육 주인은 골치 아픈 질문이라는 듯 머리칼 하나 없이 반들거리는 머리를 손으로 긁적였다.

"솔직히 모르겠소. 하지만……."

"하지만?"

"내가 거룡방의 간자라고 한다면 진이청 같은 놈을 죽이려고 시간을 낭비하지도 않을 거고, 어떻게든 무리에 섞이기 위해서 비위를 맞추려고 노력했을 거요. 하지만 그는 그러지 않았소. 건방지다 싶을 만큼 너무 당당하기만 했소. 그러나……."

"그러나?"

"역시 모르겠소. 난 그런 걸 파악할 만큼 똑똑한 사람이 아니니까."

명확한 결과가 없는 대답에 뇌혁강은 힘 빠진 표정을 지었다.

하지만 육 주인의 말에도 분명 참고할 점이 있었다.

뇌혁강은 그를 주시하는 마동찬 등을 한 번 쭉 둘러보며 말했다.

"확실히 그의 행동들은 간자라고 하기에는 부족함이 있소. 그렇다고 마 관주의 의견이 틀리다고 하는 건 아니오. 하지만 그는 이미 우리를 만났고, 우리의 근거지까지 다녀갔소. 려강에 한해서는 그는 모든 걸 알게 된 것이오. 그러니 일단 그를 받아들이기로 합시다. 당의 규칙대로 일 년을 함께하지 않는이상, 우리의 본거지도 알 수 없지 않소이까. 이번에 마 관주가 행사에 참여할 수 없게 된 것도 우리가 그렇게 예외 없이규칙을 적용하기 때문인 것이니, 반 소협의 경우도 그리하면된다고 생각하오. 만약 그가 속이는 것이 있다고 한다면 분명그 사이에 드러나게 될 것이오."

반악을 받아들이자는 말이 나오고부터 표정이 좋지 않았던마동찬의 얼굴이 딱딱하게 굳어졌다.

"당주께서 제가 행사에 참여하는 걸 불허하셨습니까?"

"그렇게 되었소. 한 번 규칙을 어기면, 더 이상 규칙이 아니게 되고, 그로 인해 많은 폐단이 생겨나게 될 거라는 게 당주님의 생각이시오."

"그렇다면 어쩔 수 없지요."

고개를 끄덕이기는 했지만, 마동찬의 표정은 굉장히 어두웠다.

'진짜 본거지로 가보고 싶었던 모양이군.'

뇌혁강은 괜히 미안한 마음이 들었다.

사실 그의 마음 같아선 행사에 참여시키고 싶지만, 당주의말을 무시할 수는 없는 일이 아닌가.

뇌혁강은 마동찬의 어깨를 두드리며 말했다.

"몇 달만 더 기다리면 마 관주도 본거지에 갈 자격을 얻게 될 것이니, 지금은 실망스럽더라도 조금만 더 참고 기다려보시오. 일 년이 되자마자 바로 본거지에 갈 수 있게 조치하도록 하겠소."

"알겠습니다."

약간 표정이 풀어진 마동찬은 애써 웃음을 지어보였다.

뇌혁강은 자리에서 일어났다.

"반 소협을 받아들이는 쪽으로 결정 난 것이니, 모두 그렇게 알고들 있으시오. 강 점주에게는 내가 이야기할 테니, 임시 회합은 이것으로 끝내도록 합시다."

정식 회합 때 다시 보자는 인사를 마지막으로 모두 다락방을 내려갔다.

뇌혁강은 이층 계단 위에 서서 배웅을 마치고 다시 객잔 안으로 들어오고 있는 강학청을 손짓해 불렀다. 반악을 받아들이기로 결정했다는 말을 전하기 위해서였다.

*   *   *

강학청은 보이지 않는 압력에 어깨가 짓눌리는 듯한 기분을 느끼고 있었다.

방금 입당이 승낙되었다는 소식을 전했음에도, 반악은 눈을 감고 가부좌를 하고 앉은 채로 아무런 말도, 반응도 보여주지

64

않았기 때문이다.

'혹시 아까 의심을 받으신 것 때문에 이러시는 건가.'

분명 면전에서 그런 말들을 들었으니 기분이 나쁠 수 있었다.

아니, 매우 화가 나야 정상이었다. 그리고 실상 반악은 대단히 짜증나고, 분노해 있는 상태였다.

그가 지금 아무 반응도 보이지 않는 것은 불편한 심기를 가라앉히기 위해 노력하는 중이기 때문이었다.

한식경 전 회합이 있었던 당시에는 내색하지 않았지만, 마음속으로는 끓어오르는 살심을 억누르기 위해서 내내 안간힘을 쓰다시피 했었다.

'그 따위 놈이⋯⋯.'

지금껏 그의 면전에서 마동찬과 같은 식으로 말을 하고 멀쩡한 사람은 아무도 없었다.

만약 그의 목표의식과 인내심이 조금이라도 부족했다고 한다면, 마동찬은 일각도 되지 않아서 다시는 정상적으로 돌아올 수 없는 만신창이 몸으로 바닥을 뒹굴고 있었을 것이다.

'자꾸 하다보면 익숙해진다더니, 나도 진짜 인내심이 강해졌구나.'

소리 없는 노력 끝에 결국 짜증과 분노를 가라앉힌 반악은 역시 사람이란 적응력이 빠르다는 자조어린 생각을 하며 눈을 떴다.

"강 점주."

강학청은 어깨가 가벼워지는 기분을 느끼며 얼른 대답했다.

"예, 주군."

"강 점주는 내가 반룡복고당과 함께하지 않아도 나의 책사로 남을 수 있는가?"

"……"

"선대의 인연이 빌미가 되었지만, 결국 나 자신을 위해서 거룡방과 싸우는 것이다. 만약 내가 반룡복고당과 맞지 않는다고 한다면 망설임 없이 탈당을 할 수도 있다. 또한 때에 따라서는 나를 위해 반룡복고당을 희생하게 만들지도 모른다. 그런 나를 따를 수 있겠는가?"

강학청은 잠시 당황했다.

하지만 곧 고개를 내저으며 말했다.

"이미 이 몸을 주군께 의탁했습니다. 얼마 전까지는 반룡복고당의 당원으로서 거룡방을 타파하는 것이 가장 큰 목표였으나, 이제는 주군의 명을 따르고 주군이 하시고자 하는 일에 조금이라도 제몫을 하는 것이야말로 제게 있어서 가장 큰 대의가 되었습니다."

설사 그것이 지금껏 그가 지켜온 경계선을 벗어나는 일이 될지라도 말이다.

"그렇다면 강 점주에게 한 가지 지시를 내리겠다."

"하명하십시오."

"은밀히 마 관주의 모든 걸 조사하도록 해."

강학청은 왜냐고, 무엇 때문이냐고, 어떤 의중을 갖고 내린 명이냐고 묻고 싶었다.

하지만 그는 바로 고개를 끄덕이며 대답했다.

"명을 따르겠습니다."

강학청은 정중히 포권을 취한 뒤 객방을 나갔고, 반악은 조용한 목소리로 견일을 불렀다.

마치 바로 옆에 그가 있기라도 하다는 듯이.

그런데 놀랍게도 견일이 천장에서 뚝 떨어지며 반악의 앞에 섰다.

"부르셨습니까, 주인님."

견일 등은 반악으로부터 질책을 받은 이후 그들의 기술을 다시 갈고 닦는다는 취지로써, 반악의 허락 하에 이런 식으로 나타나고 있었던 것이다.

"마 관주를 감시해라."

셋이서 돌아가며 하라느니, 절대 들키지 말라느니, 티끌만한 점도 놓치지 말라느니, 감시에 신중을 기하라느니, 하는 말들은 따로 하지 않았다.

그러한 당부를 하지 않더라도 알아서 판단하고 실행하고 성공하지 않으면, 앞으로 절대 그들을 믿고 일을 맡길 수 없을 테니까.

"존명."

견일은 방에 들어올 때처럼 순식간에 천장으로 치솟아 사라
졌다.

'그럼 나도 움직여 볼까.'

객잔을 나온 반악은 대로가 아닌, 어둑한 골목길로 들어갔
다.

다른 이들의 시선을 피하기 위해서였다.

그가 가려는 곳은 진가장이었다.

第十八-上章

진가장의 내처.

상을 치르는 중이라 최근 장원 전체가 무거운 고요함에 잠겨 있었고, 밤이 되면 더욱더 조용하기만 했다.

그런데 오늘 진 장주의 미망인이 머무는 거처 앞마당은 그러한 분위기와 약간 달랐다.

한 사람의 등장으로 작은 소란이 일어나고 있었던 것이다.

"나리, 이러시면 아니 되십니다요."

이곳에서 일을 하는 시녀들 중 가장 나이가 많은 시녀가 세 명의 어린 시녀들과 함께 막아서고 있는 장년의 남자는 작고 한 진 장주의 막내 외숙이자, 왕모의 막내 동생인 목허창이었다.

"어허, 천한 년들이 감히 누구 앞을 막는 것이냐! 어서 비키지 못할까."

"이처럼 늦은 시간에 어찌 부녀자의 거처로 들어가려 하십니까."

"뭣이라! 외숙부가 질부를 만나는데 부녀자를 따질 게 무엇이냐!"

"나리, 시간이 너무 늦었으니 내일 다시 찾아오십시오."

어린 시녀들은 목허창의 호통에 겁을 먹어 감히 시선을 마주치지도 못하고 있었지만, 나이 많은 시녀는 끝가지 완강하게 앞을 막아섰다.

지금 상을 치루는 중이라고는 해도, 사실 목허창은 장주대리이기 이전에 외숙부이고, 이제 술시(戌時; 오후 7~9시)가 되었으며, 부용설은 아직 침소에도 들지 않았으니, 시녀가 이렇게까지 완강하게 막는다는 것은 약간의 무리가 있었다.

잘못하면 이 일을 빌미로 쫓겨나거나, 심하면 죽을 만큼 매를 맞을 수도 있는 것이다.

하지만 그녀에게도 사정은 있었다. 부용설이 그녀의 처소에 아무도 들이지 말라고 엄명을 내린데다, 지금 목허창은 매우 취한 상태이기까지 했던 것이다.

그의 몸에서 나는 진한 술 냄새 때문에 머리가 어지러울 정도였다.

하지만 술에 취한 사람들은 이성적으로 반응하고, 행동하는 경우가 드문 법이었다.

"당장 비키지 못해!"

"악!"

목허창은 결국 불같이 화를 내며 나이 많은 시녀의 머리채를 움켜잡고 땅바닥에 내동댕이쳤다.

그리고 취기와 분노로 가득한 눈을 치켜뜨며 어린 시녀들을 노려보았으니, 당장 비키지 않으면 그녀들도 같은 꼴이 될 거라는 협박의 시선이었다.

헌데, 바로 그때 안쪽의 문이 열리며 부용설이 밖으로 나왔다.

"외숙부님께서 이 야심한 시각에 어인 일이신가요."

그녀는 진작 소란을 들어왔고 지금도 시녀가 쓰러져 있는 것을 보았으면서도, 마치 지금에서야 그가 온 것을 알았다는 듯 특유의 차가운 표정으로 담담히 물었다.

목허창은 그녀를 보고 히죽 웃었다.

'아름다운 꽃은 밤이 되어서야 봉오리를 피운다고 하더니, 정말 살이 떨리도록 아름답구나.'

그는 차갑지만 아름다운 부용설의 얼굴과 가녀린 듯하면서도 모자람 없이 굴곡진 몸매를 한눈에 훑어보며 군침을 삼켰다.

"이보게, 질부. 내 그동안 이곳저곳 신경 쓸 일이 많아서 정신이 없었네. 그래서 이제야 질부의 고충을 돌아볼 시간이 생겼지 않은가. 그동안 내가 너무 무심했던 것을 이해해 주게나."

그가 찾아온 이유랍시고 늘어놓은 말들은 역시 취했구나, 하는 생각이 들만큼 한심스러웠다.

"말씀은 고맙지만, 지금은 때가 아닌 듯하니 이만 돌아가 주세요."

"어허, 이왕 찾아온 걸음인데 어찌 그리 단박에 돌아가라 하는가. 질부도 알다시피 현재 내가 하는 일들이 많아서 쉽게 시간을 내기가 어려워. 이대로 돌아가면 또 언제 찾아올 수 있을지도 장담할 수 없다네. 그러니 차나 한 잔 마시며 그동안 밀린 이야기를 나누도록 하세."

부용설은 분명히 거부의 의사를 밝혔는데도, 목허창은 신경도 쓰지 않고 그녀를 향해 거침없이 다가갔다.

그때, 어디서 나타났는지도 모를 젊은 사내 하나가 그의 앞을 막아섰다.

사내는 허리에 칼을 차고 있었고, 눈빛이 날카로웠다. 아무리 술에 취한 목허창도 함부로 무시할 수 없는 모습이었다.

하지만 부용설의 앞에서 자존심 상하게 약한 모습을 보일 수는 없는 일.

그는 턱을 치켜세우며 오만한 음성으로 물었다.

"네놈은 뭐냐?"

대답은 사내가 아닌 부용설에게서 나왔다.

"그의 이름은 인승이에요. 나의 호위무사죠. 제가 진가장으로 시집 올 때 같이 온 사람인데, 외숙부께선 그를 모르고 계셨던 모양이군요."

"허, 이런! 호위무사 따위가 주인의 손윗사람인 나의 길을 막는단 말인가. 이놈, 경을 치기 전에 썩 물러가거라."

하지만 인승은 움직이지 않았다.

오히려 고개를 내저으며 그에게 물러나라는 듯 눈에 더욱 힘을 줄 뿐이었다. 만약 목허창이 한 걸음만 더 다가오면 그대로 칼을 뽑아 베어 버릴 것 같은 기세였다.

싸늘한 얼굴의 부용설은 말했다.

"인승은 나의 안전을 책임진 사람이에요. 저조차도 그의 의지를 막을 수 없을 정도랍니다. 그는 제 아버님의 명을 받고 저를 따라왔기 때문에, 그분이 오셔서 명을 내리지 않는 이상에는 길을 열지 않을 거예요."

술기운으로 가뜩이나 달아올라 있던 목허창의 얼굴이 더욱 붉어졌다.

"질부, 이곳은 진가장일세! 그러니 누구도 예외 없이 장주 대리인 나의 명을 따라야 하는 것이야! 또한 내가 가고자 한다면 그 누구도 나의 앞을 막을 수 없네!"

목허창은 앞으로 성큼 다가가 인승을 지나쳐가려 했다. 그러나 인승이 한 걸음 옆으로 움직여 그의 앞을 막아섰고, 목허창은 기다렸다는 듯 인승의 팔을 잡았다.

"아이쿠!"

인승이 팔을 가볍게 뿌리치자, 목허창은 잠시도 버티지 못하고 한쪽으로 쓰러졌다.

맨 정신에도 당할 수가 없을 텐데, 심하게 취한 상태로 어찌 그 힘을 이겨낼 수가 있었겠는가.

하지만 목허창은 자신의 몸 상태는 생각 않고, 꼴사납게 내쳐졌다는 사실에 분노하며 인승의 바짓가랑이를 붙잡고 늘어졌다.

그리고 말도 안 되는 억지를 부렸다.

"감히 장주대리인 나를 때리다니! 이놈아, 어디 또 한 번 때려봐라!"

인승은 눈살을 찌푸렸다.

맨 정신인 사람은 술에 취해 주정 부리는 사람을 당해내기 힘든 법이라 하더니, 그는 체신도 생각 않는 목허창의 막무가내적인 행동에 어찌할 바를 찾지 못했다.

그래서 어찌 해야 하냐는 의미를 담고 부용설을 돌아보려는데, 갑자기 목허창이 그의 하초를 노리고 주먹을 내지르는 게 아닌가.

전혀 위협적인 공격이 아니었으나 참으로 민감한 부위인지라, 인승은 본능적으로 한쪽다리를 뒤로 빼서 피하고 바짓가랑이가 붙잡힌 다리를 크게 앞쪽으로 내질렀다.

쿠당탕!

공중으로 살짝 떠올라 앞마당으로 내던져진 목허창은 잠시 끙끙거리며 앓는 소리를 내더니, 갑자기 허리를 부여잡고 크게 소리를 질렀다.

"저놈이 날 죽이려 드는구나! 밖에 누구 없느냐! 밖에 누구 없어!"

부용설은 한심하기 그지없다는 시선으로 목허창을 쳐다봤다. 그를 내던진 인승이나, 한쪽에 서 있는 시녀들도 어이없어하기는 마찬가지였다.

'아무리 술에 취했다고는 해도 장주대리라는 분이……'

게다가 나이도 적지 않은 사람이 어찌 저리도 체신머리없이 굴 수가 있는지 이해가 가지 않는 것이다. 그리고 여기에 누가 나타날 사람이 있다고 저리 소리를 지른단 말인가.

그런데 놀랍게도 그 고함소리에 부응하며 한 사람이 나타났다.

"감히 진가장 안에서 목 장주대리님을 죽이려 드는 자가 누구냐!"

노성을 터트리며 나타난 사람은 젊은 사내였다.

고급스런 무복에 손에는 도신이 길고 무거운 파풍도를 들고 있었으니, 척보아도 무림인이었다.

"소보주, 잘 와주었네! 저놈! 저놈이 날 죽이려 들었어!"

목허창은 부모에게 고자질을 하는 아이처럼 인승을 손가락

질 했다.

소보주라 불린 사내는 목허창의 팔을 잡아 일으켜 세우고는, 그 앞을 막듯이 서서 인승을 노려보았다.

인승의 표정이 살짝 굳어졌다. 소보주의 기세가 만만치 않았기 때문이다.

분위기가 심상치 않게 돌아가는 듯하자 부용설이 소보주를 향해 말했다.

"당신이 누구인지 모르지만, 장원의 사람도 아닌 사람이 나설 일이 아니에요."

소보주의 시선이 인승을 넘어 부용설을 향했다.

부용설은 순간 흠칫했다. 그의 시선이 마치 뱀의 그것처럼 그녀의 몸을 휘감는 듯해서 소름이 끼쳤다.

소보주는 그녀의 반응에 득의어린 미소를 지으며 말했다.

"부 부인, 난 패왕보의 소보주인 간습이라 하오."

부용설은 내심 크게 놀랐다.

패왕보는 려강의 서쪽, 동성현에 자리한 흑도문파였기 때문이었다.

"그리고 내 밖에서 듣기로 이자는 장주님과 다를 바 없는 분의 명도 무시해 버리는 사람이니 장원에 속해 있다 할 수가 없고, 그러니 내가 목 장주대리님이 모욕당했음을 이유로 죽인다 해도 전혀 문제될 것이 없을 것이오."

사람을 죽인다는 말을 아무렇지도 않게 꺼내는 것만 봐도 간습이 얼마나 냉혹한 사람인지를 알 수 있었다.

"소보주, 그놈을 죽이게!"

목허창이 기름항아리에 횃불을 던지듯 원독어린 음성으로 간습을 다그쳤다.

"목 장주대리께서 그리 말씀하신다면……."

스릉—

간습은 싸늘한 미소를 지으며 파풍도를 뽑아들었고, 인승 역시 칼을 뽑아 든 뒤 부용설에게 뒤로 물러나도록 손짓을 했다.

겁을 먹은 시녀들은 움직이지 않으려 하는 부용설을 억지로 잡아끌어, 상황을 지켜볼 수 있으면서도 직접적으로 여파가 미치지 않는 곳까지 물러났다.

간습은 오만하게 턱을 치켜들며 말했다.

"어디 얼마나 실력이 있는지 보자. 덤벼봐."

인승은 대꾸하지 않았다.

사실 그는 대꾸를 하고 싶어도 할 수가 없었다. 갓난아기 때 큰 병을 앓고 난 뒤 말을 할 수 없게 되어 버린 벙어리였으니까.

그래서 그는 행동으로 대답을 대신했다.

먼저 왼발을 낮게 움직여 간습의 오른쪽으로 움직였고, 갑자기 직선으로 짓쳐 들어가 사선으로 칼을 휘둘렀다.

하지만 빠르고 날카롭고 급작스런 공격임에도 이를 바라보는 간습의 얼굴은 여유롭기만 했다.

차창!

어느새 위에서 아래로 휘둘러진 파풍도가 칼을 연달아 밀어
내고, 왼쪽으로 움직이는 신형을 따라 인승의 허리를 파고들
었다.

쨍—

"……!"

인승은 칼을 세로로 세워 파풍도를 막아냈지만, 그 충격은
생각 이상으로 강력하여 팔꿈치까지 저릿할 정도였다.

"고작 이거냐?"

인승을 스쳐가며 뒤쪽으로 자리를 옮긴 간습은 비웃음을 지
으며 파풍도를 좌우로 빠르게 휘둘렀다.

슥—

급히 허리를 숙이면서 몸을 뒤틀어 피한 인승은 등 뒤가 서
늘하게 아려오는 느낌에 이를 악물었다.

완전히 피하지 못하고 등에 작지 않은 상처를 입은 것이다.

"신음 하나는 잘 참네. 몸이 두 쪽으로 잘려도 참아낼 수 있
는 지 확인해 보자!"

간습의 공세는 한층 위력적으로 변해 갔고, 인승은 갈수록
수세에 몰려 방어하는 것도 벅찰 지경에 이르렀다.

그래도 안간힘을 다해서 가까스로 버티고, 또 버텼던 인승
은 결국 오른쪽 어깨에 심각한 일격을 허용하고 말았다.

"크윽!"

신음을 뱉어내며 뒤로 정신없이 뒷걸음치던 인승은 칼의 무게를 감당할 수 없다는 듯 오른팔을 늘어트리고 한쪽 무릎을 꿇었다.

허연 뼈까지 보일 정도로 크게 갈라진 어깨에서 붉은 핏물이 울컥울컥 흘러나왔다.

"이제 죽어라."

간습은 완전히 끝내겠다는 표정으로 앞으로 움직이며 파풍도를 치켜들었다.

"안 돼!"

다급한 외침과 함께 시녀들을 뿌리치고 달려온 부용설이 인승의 앞을 막아섰다.

기세 좋게 휘둘러지던 파풍도가 그녀의 앞에서 딱 멈춰 섰다.

"……."

바로 눈앞에서 파풍도가 달빛을 받아 서슬 퍼런 기운을 발산하고 있음에도 부용설은 고개조차 돌리지 않았다.

그녀는 벨 수 있으면 베어보라는 듯 간습을 싸늘하게 노려볼 뿐이었다.

'이거 아주 탐나는 년인걸.'

서른 초반의 나이라 하면 그리 많은 나이도 아니질 않은가.

오히려 한창 물이 오를 나이라 하여, 여러 즐거움을 얻을 수 있을 것이었다.

'얼굴도 이 정도면 상품이고 말이야.'

날카롭게만 번뜩이던 간습의 눈동자가 음흉한 기운으로 일렁였다.

그는 파풍도를 조금 더 앞으로 내밀어 부용설의 턱 끝에 닿게 했다.

'이 차가운 얼굴이 홍화처럼 붉어져 쾌락에 몸부림치는 걸 보고 싶구나.'

간습은 하초 쪽으로 기분 좋게 힘이 들어가는 느낌을 음미하며 부용설에게 바짝 다가갔다.

그녀의 달콤한 숨결을 곧바로 들이마실 수 있을 정도까지.

"……"

부용설은 잠깐 움찔했지만, 피하지 않고 간습을 노려보았다.

간습은 그녀의 눈과 코와 입술을 한 번씩 쳐다보며 작게 속삭였다.

"부 부인, 오늘은 예의상 그냥 돌아가도록 하겠소."

오늘은, 이라고 전제를 둔다는 건 다음에 또 찾아오겠다는 뜻이 아닌가.

그는 돌아서기 직전, 보다 직접적으로 속내를 드러냈다.

"조만간 또 보게 될 것이오."

간습은 그 사이 더욱 취기가 올라 몸을 가누지 못하고 있던 목허창을 잡아끌고 떠났다.

                    *   *   *

　부용설은 어깨를 잘게 떨었다.

　간습이 목허창을 데리고 완전히 사라지기 직전에 마지막으로 그녀를 쳐다보던 음탕한 시선 때문이었다.

　'내가 그따위 무뢰배 놈에게…….'

　이처럼 치욕을 당해야 하다니.

　부용설의 차갑기만 했던 얼굴에 한 줄기 눈물이 흘러내렸다. 분노와 두려움, 그리고 수치심과 죽은 남편에 대한 원망스러움이 그녀의 눈동자에 뒤섞여 있었다.

　하지만 그것도 잠깐.

　그녀는 소매로 눈물을 닦아내고, 숨을 길게 내쉬며 마음을 다독인 뒤 본래의 차가운 얼굴로 돌아왔다.

　"마님!"

　시녀의 놀란 외침에 뒤를 돌아보니 인승이 바닥에 쓰러진 채 혼절해 있었다.

　상처의 고통도 고통이지만, 피를 너무 많이 흘린 것이다.

　부용설은 다급히 시녀들에게 소리쳤다.

　"어서 의원을 불러오너라!"

                    *   *   *

  의원은 인승의 치료를 모두 끝내고 일어났다.

  적지 않은 시간과 기술, 노력이 필요했던지라 그의 얼굴은
지친 기색으로 가득했다.

  "부 부인, 이 사람이 어깨를 움직이게 해서는 절대로 안 됩
니다."

  어깨뿐만이 아니라 등의 상처도 깊어서 모로 누워 있어야
하고, 붕대를 매일 갈아주어야 한다는 등의 유념할 사항을 자
세히 설명한 의원은, 이틀 뒤 다시 오겠다는 말을 남기고 방을
나갔다.

  "마님, 사람을 불러 무사님을 거처로 옮기게 할까요?"

  나이 많은 시녀가 다가와 조심스레 물었다.

  친가에서부터 따라왔고, 아무리 오래전부터 알고 지낸 호위
무사라고는 해도, 남녀가 유별하니 계속 그녀의 침상에 누워
있게 할 수는 없다고 생각한 것이다.

  하지만 부용설은 고개를 내저었다.

  "되었다."

  "혹시 몰라서 옆방을 깨끗이 치워 두었습니다."

  "아니다. 난 여기 그냥 있겠다."

  "예?"

  "인승은 내가 직접 돌볼 것이니, 너희들은 이제 그만 가보

거라.”

“어찌 마님께 그 같은 일을 맡길 수 있겠사옵니까. 무사님은 저희들이 잘 돌보고 있을 테니, 마님께선 그만 들어가 주무세요.”

그러나 부용설은 고집을 꺾지 않았다.

“되었다니까.”

“하지만……”

“그만 가보라지 않느냐.”

부용설의 음성에 살짝 노기가 섞이자 시녀들은 얼른 고개를 숙이고는 방을 나갔다.

시녀들이 나가자 부용설은 침상 한 귀퉁이에 앉아서 물기를 짠 천으로 식은땀이 흐르는 인승의 이마를 조심스레 닦아 주었다.

인승을 쳐다보는 부용설의 눈길에는 안타까움이 가득했고, 땀을 닦아주는 손길은 세심하고, 정성스러웠다.

마치 어린 동생을 간병하는 큰누이와 같은 모습이라고나 할까.

장원의 식솔들이 이 모습을 본다면, 평소 차갑기만 한 그녀와 완전히 다른 모습이라 꽤나 놀랄 것이다.

그녀는 의식이 없어 들을 수도 없는 인승에게 조용히 말했다.

“나 때문에 네가 이리 힘들게 되었구나.”

그녀에게 인승은 단순한 호위무사가 아니었다.

신분의 차이는 있었으나 어릴 때부터 같이 자라와 오누이와 다름없는 사이였다.

게다가 시집을 온 지 십 년이 다 되었지만, 진가장에서 가족처럼 여길 만한 사람은 오직 인승뿐이었다.

가장 가까워야 할 남편은 사별한 부인을 그리워하면서 그녀를 어려워해 어린 시녀에게 정을 붙였고, 나이 차가 크지 않은 양아들은 상종도 하기 싫은 망종이었으며, 시어머님은 도저히 가까워질 수 없는 사람인데다, 친지들 중에서도 마음을 터놓고 지낼 만한 사람 하나 없었던 것이다.

그리고 남편과 양아들이 죽고, 시어머니는 의식불명에 빠지자 이제는 외숙부란 사람이 희롱하고, 그와 어울리는 자는 음탕한 시선으로 보는 지경까지 이르렀다.

진가장은 그녀에게 화롯불 하나 없는 한겨울의 흉가 같은 곳이었다.

그래서 진가장의 주인이 되려고 하는 것이다.

벗어날 수 없다면 즐기라 하는 말이 있었으니, 그녀가 주인이 되어 모든 식솔들을 눈 아래 두게 되면 최소한 그녀를 고통스럽게 하지는 못할 테니까.

"빨리 나으렴. 네가 이렇게 있으면 나는……."

부용설은 말을 잇지 못하고 고개를 숙였다.

그녀가 유일하게 믿고 의지할 수 있는 사람이 인승인데, 그조차도 곁에 없게 된다면 그녀는 지금의 생활을 버텨내기 힘들었다.

싸워 이겨낼 의지조차 잃어버리고 말 것이었다.

"후……."

부용설은 울지 않기 위해, 서러운 마음을 다독이기 위해 숨을 길게 내쉬고 얼굴을 손으로 쓰다듬었다.

그리고 차를 마시기 위해 일어섰다.

"……!"

그녀는 돌아선 자세 그대로 얼음처럼 굳어 버렸다.

자신과 인승 외에는 아무도 없어야 할 방 안에 낯선 사내가 있었기 때문이었다.

어떻게 들어온 거지?

도대체 이 사람은 누구지?

'강도? 도둑? 아니면…….'

탁자 한쪽에 앉아서 굳어 버린 부용설을 가만히 쳐다보고 있는 사내는 말했다.

"난 반악이오."

부용설은 두려움이 휘몰아치는 속내를 드러내지 않기 위해 노력했다. 당당하게 보이기 위해 턱 끝을 치켜들고서 반악을 깔아보듯 하며 반문했다.

"그런데요?"

"당신과 논의를 하러 왔소."

부용설은 처음엔 무슨 소리인가, 의아해하다가 퍼뜩 깨달았다.

'이 사람이 강 점주가 말한 그 사람이구나.'

그녀가 예상했던 것보다 너무 젊은 사람이라서 살짝 놀랐다.

강 점주가 모시는 사람이라고 해서 나이가 적지 않은 사람일 거라고 생각했던 것이다.

"당신이 강 점주를 부린다는 사람인가요?"

"그렇소."

"언제부터 방에 들어와 있었죠?"

"당신이 저 남자의 땀을 닦아 주었을 때부터."

사실 건물에 도착한 때는 목허창이 난동을 피울 시점이었다.

그는 모든 것을 지켜보았던 것이다. 하지만 그걸 굳이 밝힐 필요는 없지 않은가.

부용설의 얼굴이 차갑게 굳어졌다.

그녀는 자신의 약한 모습을 남에게 보이기 싫어하는데, 일면식도 없는 반악에게 약간이나마 그런 모습을 보였기 때문이다.

"허락도 받지 않고 들어오다니, 당신은 참으로 예의가 없군요."

"우리가 예의를 따질 사이는 아닌 것 같은데."

반악은 그녀의 양아들을 죽인 사람이고, 부용설은 그에게 살인을 사주하려는 사람이었으니, 확실히 예의니 뭐니 하는 문제를 논하기에는 무리가 있었다.

부용설은 싸늘한 시선으로 반악을 노려보며 돌아가라고 말했다.

"오늘은 당신과 이야기할 기분이 아니니, 다음에 오도록 해요."

그러나 반악이 그녀의 말을 순순히 따를 사람은 아니었다.

"난 당신의 기분에 따라 왔다 갔다 할 만큼 한가한 사람이 아니오."

부용설은 눈을 상큼 치켜떴다.

혹시 반악의 당당함이 조금 전 그녀의 약한 모습을 보았기 때문이 아닌가, 하는 생각이 들어 기분이 나빠진 것이다.

그녀는 차갑게 쏘아붙였다.

"그래도 내 말은 들어야 할 거예요."

"협박하는 거요?"

"경고라고 해두죠."

반악은 주전자를 들어 찻물을 천천히 잔에 따랐다.

그리고 여유롭게 한 모금을 입안으로 넘기며 말했다.

"내게 그런 건 통하지 않소."

"꼭 당해 봐야 후회를 하는 사람들이 있죠. 당신도 그런 사람들 중 하나인가요?"

"글쎄. 그러나 한 가지는 알아두시오."

"……?"

"난 당신이 생각하는 것 이상으로 무서운 사람이오. 그러니 내가 말로 하자고 할 때 이야기를 끝내지 않으면 나중에 반드시 후회하게 될 거요."

오싹한 한기가 부용설의 등골을 타고 올라왔다.

'이 반악이란 남자는……'

진짜다, 라고 생각했다.

겉으로 보기엔 나이도 어리고, 왠지 순한 느낌의 외모에, 말투 또한 정갈하지만, 명확하게 표현하고 규정짓기가 어려운 무게감이 있었다.

그녀가 볼 때 반악은 말 한 마디라도 절대 허투루 하지 않는 그런 부류인 것이다.

'이만한 사람을 찾기도 쉽지 않을 거야.'

"무슨 논의를 하자는 것인지, 우선 들어나 보죠."

부용설은 인승을 한 번 돌아보고는, 못 이기는 척 반악을 마주하고 앉았다.

"말해 보세요. 무엇을 논의하자는 거죠?"

"목허창을 죽여 달라고 하던데, 맞소?"

"정확히 그리 말을 한 것은 아니지만, 속뜻은 맞아요."

"그럼, 내가 그를 처리한다고 하면 진가장은 내게 무엇을 줄 수 있소?"

"당신들이 한 일을 없던 것으로 하겠어요."

"그 정도로는 부족하오."

"자신의 목숨보다 더 가치 있는 게 있을까요?"

반악은 웃었다.

하지만 그건 싸늘한 웃음이었다.

"세상에 내 목숨을 위협할 수 있다고 말할 만한 자는 몇 되지 않소. 날 반드시 죽일 수 있다, 라고 할 수 있는 자격을 가진 자는 더욱 적지. 그리고 진짜 날 죽일 수 있을 거라고 내가 인정할 만한 자는 거의 없소."

"대단한 자신감이군요."

"자신감을 가질 만큼 강하니까. 그리고……."

"……?"

"앞으로 다시는 내 목숨에 대해 논하지 마시오. 한 번만 더 그 말을 듣게 되면 가차 없이 당신을 죽일 거요."

눈꺼풀을 깜빡거리지도 않고 그녀를 똑바로 쳐다보는 반악의 눈동자는 얼음과 같았다.

마주 보는 것만으로도 심장이 얼어 버릴 것만 같은 시선이었다.

부용설은 그의 말이 결코 허언이 아니라는 걸 분명하게 느낄 수 있었다.

'이 남자에게는 잔꾀가 통하지 않아.'

그녀는 자신의 두려움을 억지로 부정해서 좋을 게 없고, 되도록이면 솔직하게 인정하는 게 반악을 상대하는 가장 좋은 방법이란 걸 깨달았다.

"당신의 말을 명심하겠어요."

반악은 부용설의 태도가 마음에 들었다.

자신의 미모를 앞세워 쉽게 가려고 하지도 않고, 자존심이 강하면서도 때론 인정하고 타협할 수 있는 용기를 가지고 있었으니까.

그래서 그녀의 제안을 조금 더 긍정적인 마음을 갖고 응하기로 했다.

"오 년 동안 일 년에 은 오백 냥씩, 아니면 오천 냥을 한꺼번에 줘도 되오. 또한 진가장이 진행하는 운송의 호위 등을 비롯해서 무사들이 필요한 모든 일들을 우리에게 맡기시오."

"……."

부용설은 잠시 대꾸가 없었다.

반악이 요구하는 대가가 결코 작다 할 수 없기 때문이다.

게다가 단순히 대금을 요구하여 끝내는 게 아니라, 지속적으로 사업적 관계를 유지하자는 뜻이 아닌가.

그녀는 말했다.

"은 열 냥만 줘도 살인을 하겠다는 사람은 세상에 널려 있다는 걸 알고 있나요?"

"알고 있소. 하지만 우리만큼 확실하게 처리할 수 있는 사람은 드물지."

그 점을 감안한다고 해도 과도한 요구란 건 변함이 없었다.

하지만 부용설은 그의 요구를 수락하기로 했다. 그녀가 목허창의 죽음을 사주하게 된 걸 반악이 알고 있다는 점도 신경 쓰이지만, 오늘 목허창을 죽이는 게 생각만큼 쉬운 일이 될 수 없다는 걸 알게 되었기 때문이다.

그녀는 찻물을 마시고 마른 목을 축인 뒤 말했다.

"그렇다면 당신의 요구를 들어주는 대신, 내 제안도 조금 바꿔야겠어요."

"말해 보시오."

"목허창의 죽음과 더불어 내가 진가장의 주인이 될 때까지 안전을 책임지고, 이후에도 신변에 위협이 되지 않도록 모든 위험 요소를 차단하고, 제거하겠다고 약속해 줘요."

반악은 역시 쉽게 볼 여자가 아니군, 이라고 생각했다.

그는 부용설이 무엇 때문에 이러한 요구를 하고 있는지 알고 있었다.

'동성현의 흑도문파인 패왕보가 목허창의 뒤에 있다는 게 신경 쓰이는 것이겠지.'

그녀는 오늘 목허창만이 문제가 아니라 간습이란 위험인물까지 보게 되었다.

또한 목허창이 죽으면 간습과 그가 속한 패왕보가 움직일 수도 있다는 불안감을 가지게 된 것이다.

'강 점주가 의아하게 여긴 것처럼……'

목허창의 짓이라고 하기에는 그 행보가 너무 빠르고, 계획적이라 생각했었는데, 아무래도 패왕보가 뒤에서 그를 조종하고 있었던 모양이었다.

분명 진가장의 혼란을 보고 막대한 재산을 집어삼킬 계획을 꾸민 것이다.

반악은 자리에서 일어났다.

"생각해 보고 대답해 주겠소."

"당신들이 거절하면 다른 적임자를 찾아야 하니 이틀 안에 답변을 주세요."

반악은 어깨를 으쓱이고는 창문 쪽으로 걸어갔다.

그러다 문득 생각이 났다는 듯 고개를 돌려 말했다.

"주변에 보호해 줄 수 있는 사람이 아무리 많아도 자신의 몸은 결국 자신밖에 챙길 수가 없는 거요. 그러니 소매에 작은 비수 하나 정도는 지니고 있으시오. 은장도 같은 게 아니라, 쓸데없는 장식이 붙어 있지 않은 걸로 말이오. 저 친구가 깨어나면 좋은 걸 골라 줄 수 있을 거요. 아, 그리고 비수에 독을 바르시오. 작은 생채기만으로도 큰 위력을 발휘할 수 있을 테니까."

반악은 곧 창문 밖으로 사라졌고, 부용설은 그가 남긴 말을 속으로 되뇌었다.

'자신의 몸은 결국 자신밖에 챙길 수가 없다.'

　　　　*　　　*　　　*

　동성현 패왕보.

　지금 막 려강에서 돌아온 간습은 부친을 뵙기 위해 장원의 심처로 가고 있는 중이었다.

　"형님."

　왼쪽에서 그를 부르며 다가오는 사내는 그보다 다섯 살이 어린 동생 간명이었다.

　보통 오랜만에 동생을 보면 활짝 웃을 수는 없어도 어느 정도 반가운 표정을 짓는 게 보통인데, 간습은 오히려 눈살을 찌푸렸다.

　그는 동생을 좋아하지 않았다. 솔직히 싫어했다. 그를 볼 때마다 생겨나는 심정을 굳이 말로 표현하자면 저주한다, 라고 말할 수 있었다.

　이유는 간단했다. 그가 장남이고 소보주라 불리고 있기는 하지만, 간명이 그보다 더 부친으로부터 사랑을 받고 있기 때문이었다.

　그보다 사랑을 받는 이유 또한 간단했다. 동생이 무공의 재능과 외모가 더 뛰어나고, 더불어 성격도 좋은 것이다.

　그래서 부친은 물론이고, 모친도, 그리고 장원의 중진들과 일반 무사들까지 동생을 아끼며, 따랐다. 심지어 패왕보와 직간접적으로 연결된 외인들까지 그를 좋아했다.

오죽했으면 패왕보의 다음 보주 자리가 그가 아닌, 동생에게로 넘겨질 수도 있다는 조심스런 예측이 돌고 있겠는가.

그러니 야망과 욕심도 큰 그가 동생에 대해 좋은 마음을 가질 수가 없었다.

게다가 그를 더 화나게 하는 점은 동생을 볼 때마다 표정도 안 좋아지고, 말투도 퉁명스럽게 하고, 매번 싫어하는 기색을 노골적으로 드러내는데도 불구하고 동생은 전혀 개의치 않는다는 점이었다.

"형님이 일 때문에 려강에 가셨다는 이야기를 들었는데, 지금 돌아오신 모양이군요. 일은 잘 되셨습니까?"

"잘 됐다."

"아버님께 가시는 길입니까?"

"그래."

"마침 저도 아버님께서 부르셔서 가는 길입니다."

간습은 그러냐며 대충 흘려들었다. 동생과는 별로 대화를 나누고 싶은 생각이 없었기 때문이다.

하지만 간명은 그가 관심도 없는 이러저러한 이야기를 하며 걸어가는 내내 입을 쉬지 않았다. 만약 부친의 집무실이 있는 건물이 저 앞에 보이지 않았다면, 간습은 결국 화를 참지 못하고 버럭 고함을 내지르고 말았을 것이다.

두 사람은 건물 안으로 들어가 집무실 문 앞에 서서 자신들이 왔음을 알렸다.

"아버님, 소자 간습입니다."

"들어와라."

문을 열고 들어가자 듬직한 몸집의 장년인이 탁자에 앉아 정성스레 칼을 닦고 있었다.

그가 바로 두 사람의 부친이자, 패왕보의 보주 간금외였다.

"앉거라."

부친의 손짓에 앉기는 했지만 간습의 마음은 불편하기만 했다.

이번 진가장의 일은 그가 알아내고, 계획하고, 주체가 되어 진행하는 일이었다. 그리고 지금 그 일에 대해 이야기를 해야 하는데, 간명도 듣게 된다는 점이 마음에 들지 않았던 것이다.

혹시라도 간명이 다 된 밥에 젓가락만 올리겠다고 나온다면 그에겐 매우 곤란한 일이 아니겠는가.

하지만 부친은 그의 마음도 모르고 려강의 일을 이야기해 보라고 했고, 간습으로서는 내키지 않아도 대답할 수밖에 없었다.

"목허창은 장주대리로서 완전히 자리를 잡았습니다. 그리고 진가장의 수뇌들 대부분이 그에게 협조적인 태도를 보이고 있습니다. 이대로라면 진가장은 얼마 있지 않아 제 손에 들어오게 될 것입니다."

물론, 그게 완벽한 진실은 아니었다.

대리는 대리일 뿐이고, 수뇌들 역시 그 정도 선에서 수긍을 하고 따르고 있는 것일 뿐이니까.

지금 목허창의 상황은 살얼음 위를 걷는 것과 같아서, 조금만 삐끗해도 순식간에 나락으로 떨어질 수 있었다. 어떤 상황에서도 그를 지지하고, 보호해 줄 수 있는 왕모가 의식불명에 빠져 있으니까.

하지만 그녀를 중독시킬 때부터 그 정도는 각오한 일이 아니던가.

그녀가 그렇게 되었기에 목허창이 장주대리가 되어 권력을 잡게 된 것이기도 하고 말이다.

그러나 간습은 아직까지 완벽히 자리 잡지 못한 목허창의 상황을 자세히 이야기할 수 없었다.

이번 일을 성공하기만 하면 부친과 중진들의 마음을 자신에게로 완전히 끌어올 수 있을 것이기 때문에, 조금이라도 우려와 불신이 생길 만한 말을 하고 싶지 않은 것이다.

좋은 일이군, 하며 고개를 끄덕인 간금외는 여전히 고개도 들지 않고 칼날을 조금 더 세심하게 닦으며 물었다.

"미망인은 어찌 하려느냐?"

진 장주도 죽었고, 왕모도 의식불명에 빠져 있다는 사실이 드러나게 된다면, 장원의 권력은 서열상 부용설에게 넘어갈 가능성이 높기 때문이었다.

"친가는 세력이 기운 학자 가문이고, 그러면서도 식솔들과 어울리지도 않은 채, 지금껏 변변한 기반 하나 만들어 놓은 게 없는 여인입니다. 기껏해야 얼굴 반반한 거 하나 말고는 봐줄 게 없었습니다. 그래도 혹시 몰라서 며칠 전에 우연을 가장해서 겁을 한 번 줬습니다. 지금은 방에서 나올 생각도 못하고 있을 겁니다."

간습은 재밌는 이야기라도 된다는 듯이 목허창을 취하게 만들어 고의로 부용설의 거처로 가게하고, 결정적일 때 나타나 호위무사를 반쯤 죽여 놓고 왔다는 이야기를 장황하게 늘어놓았다.

하지만 간금외는 여전히 칼에 둔 시선을 들지 않았고, 작은 미소조차 한 번 짓지 않았다. 오히려 질책 어린 한 마디로 좋았던 간습의 기분을 망쳐 버렸다.

"이제 시작일 뿐인데, 너무 들떠 있구나."

"하지만……."

간습이 살짝 굳어진 얼굴로 반박을 하려 했지만, 간금외는 곧바로 말을 끊고 물었다.

"진가장이 어떤 곳이냐?"

"……."

어떤 의미로 물은 것일까?

뭐라고 대답을 해야 할까?

간습은 부친이 원하는 완벽한 대답을 하기 위해 고민하고, 또 고민했다.

하지만 부친은 그의 대답을 느긋이 기다리지 않고, 간명에게 같은 질문을 했다.

"명아, 진가장이 어떤 곳이더냐?"

"백 년 가까이 려강의 상권을 좌지우지하고, 관에까지 막대한 영향력을 행사해 왔던 호족가문입니다."

"그런 진가장이 그처럼 쉽게 방계의 사람에게 넘어가리라고 보느냐?"

"신중에 신중을 기하지 않는다면 어려울 것입니다."

"네 말이 맞다. 무림가는 아니지만, 오랫동안 그만큼의 권력과 부를 유지해 온 것만으로도 결코 무시할 수 없는 가문인 것이다. 그런데 한시적으로 유지되는 장주대리에 앉혔다고 해서 모든 게 끝났다는 것처럼 생각한다면, 그거야말로 실수를 자처하는 어리석음이 될 것이다."

부친이 미리 짜 맞춘 것처럼 동생과 문답을 주고받는 걸 들으며 간습은 이를 악물었다.

좋게 들으면 순수하게 아들을 걱정하는 부친의 조언일 수 있고, 실패를 미리 방지하고자 하는 염려어린 충고라고 여길 만한 말들이었다.

하지만 간습은 마냥 좋게 들을 수가 없었다. 지금껏 칭찬을 받은 적이 거의 없었기에, 지적이라면 귀가 닳도록 들어왔기에, 부친의 말들이 너무 짜증나고, 듣기 싫었다.

왜 잘 되고 있는 일에서까지 이런 말을 들어야 하는지 이해가 가지 않았다.

"협조적인 태도라 하는 수뇌들만 해도 그렇다. 그들이 함부로 반심을 품도록 놔두지 않을 두 사람이 사라졌으니, 장원을 자신들의 것으로 하고 싶을 것이고, 그렇다면 목허창보다는 미망인을 장주에 앉혀 조종하는 게 더 낫다고 생각할 게 아니냐. 헌데, 지금 말을 잘 따라준다고 해서 그냥 무시하고 있는다면, 알지도 못하는 사이에 다가와 등에 비수를 꽂을 수도 있는 것이다."

"……."

"허니, 안이한 마음을 버리고 조금 더 세심하게 살피고, 따져서 일을 진행해야 할 것이다. 알겠느냐?"

간습은 굳어진 얼굴을 보이지 않기 위해 고개를 숙인 채로 대답했다.

"명심하겠습니다."

"간명에게 따로 할 이야기가 있으니, 너는 이제 나가 보거라."

"예, 아버님."

간습은 인사를 하고, 간명을 힐끔 한 번 쳐다본 뒤 집무실을 나갔다.

하지만 그는 바로 건물을 떠나지 않았다. 부친이 간명에게 따로 할 이야기라는 게 무엇인지 궁금했기 때문이었다.

그는 들키지 않도록 문에 바짝 붙어서 기척을 숨기고 안에서 들려오는 대화에 청각을 집중했다.

"거룡방이 총단을 팔공산으로 이전하고 한동안 조용하더니, 이번에 거룡성으로 명칭을 바꾸면서 크게 개파식을 연다고 하는구나."

"거룡방은 자신들이 안휘 최고의 문파라는 것을, 구대문파를 비롯한 각 지역의 거파들에게 공식적으로 선포하려는 속셈인 모양이군요."

"이름을 바꾼다고는 해도 알맹이는 그대로인데, 새삼 개파식을 한다고 하는 건, 그런 의미라고 생각할 수밖에 없겠지. 하지만 그 의도가 무엇이든 간에 우린 그들의 행사를 무시할 수 없는 입장이 아니더냐."

패왕보는 거룡방이 남궁세가를 멸문시키자마자 자처하여 복속을 청해 동성현과 근방의 패권을 인정받고, 세력을 그대로 유지할 수 있었다.

당시 안휘의 많은 사파문들이 그러한 발 빠른 행보를 보였기에 적절한 처사라 할 수 있었다.

간금외는 나름 시류를 잘 읽는 사람인 것이다.

"우리도 팔공산으로 사람을 보내 축하를 해야 하지 않겠느냐. 그래서 난 너를 보낼 생각이다."

"제가요?"

"팔공산에 안휘의 후기지수들이라 할 수 있는 자들이 적지 않게 모여들 터, 이번이 그들과 교류하고 인맥을 넓힐 기회가 될 것이다."

무림에서 인맥이란 무공만큼이나 중요한 힘이 될 수 있었다.

그 자신의 힘은 미약하더라도, 어울리는 이들이 강하면 그들 때문에라도 다른 이들로부터 함부로 무시 받지 않을 수 있었으니까.

"우리가 언제까지 동성에만 머물러 있어야 하겠느냐. 하지만 거룡방 때문에 한동안은 요원한 일이니, 먼 앞날을 내다보고 우리와 비슷한 처지에 놓인 문파들과 교류를 해야만 한다. 그렇다고 아무하고나 어울리지 말고, 각 세력의 후계자라 할 수 있는 자들이나, 무공의 성취가 남다른 자들에게만 손을 내밀어야 할 것이다."

"명심하겠습니다."

"자, 받거라."

"제가 아버님의 애병인 패왕도를 어찌 받을 수 있습니까."

몰래 듣고 있던 간습의 얼굴이 굳어졌다.

패왕도는 부친이 그를 쳐다보지도 않고 정성스레 닦고 있던 파풍도의 이름으로, 부친이 젊을 적에는 몸에서 한시도 떼어 놓지 않았다고 하는 보도였다.

"그곳에 가면 다른 후기지수들에게 무엇 하나도 뒤쳐져선 안 될 것이니, 이것으로 어느 정도는 너의 가치를 증명할 수 있을 것이다."

간습은 문에서 귀를 뗐다.

더 들을 필요도 없었다.

간습의 얼굴은 일그러졌다. 우는 듯, 분노한 듯, 어찌 보면 칼에 찔리기라도 한 것처럼 고통스럽고, 괴로워 보였다.

그는 조심스럽게 집무실에서 멀어져 건물을 나왔다.

'난 결국 이름뿐인 소보주였던 것인가.'

간습은 이를 악물고, 하늘을 쳐다보았다.

하늘은 그의 마음처럼 흐릿하고, 찌푸려져 있었다.

'그래도 노력하면 인정받을 수 있다고 생각했는데…….'

하지만 방금 전의 대화를 듣고 자신의 존재는 더 이상 부친의 기대를 충족시킬 수 없다는 걸 알게 되었다.

어쩌면 지금까지 단 한 번도 그를 후계자로 생각하지 않았을지도 모른다.

'하지만…….'

간습의 얼굴이 차갑게 가라앉았고, 눈동자엔 열망이 피어났다.

그는 이제 부친의 마음을 얻겠다느니, 당당히 보주의 자리를 물려받겠다느니, 하는 생각을 버렸다.

'아버님께서 주지 않으시겠다고 한다면, 제가 직접 가져올 수밖에요.'

간습은 고개를 돌려 부친의 집무실 쪽을 한 번 노려보고는 그의 거처 쪽으로 걸음을 옮겼다.

　　　　*　　　　　*　　　　　*

　가부좌를 한 채 명상에 잠겨 있던 반악은 조용히 눈을 떴다.

　누군가 그의 방 쪽으로 다가오고 있었기 때문이다.

　걸음의 무게감 등으로 짐작해 볼 때 무림인도 아니고, 남자

도 아니었다.

　똑똑.

　"반 소협."

　묵담향이었다.

　침상에서 일어난 반악은 방 입구로 가서 문을 열었다.

　묵담향은 그를 보고 빙긋이 웃었다.

　"다행히 있었군요."

　"무슨 일이오?"

　"꼭 무슨 일이 있어야 찾아오나요."

　그럼 아무 일이 없는데도 찾아온단 말인가?

　반악은 아주 잠깐 무슨 의미로 한 말일까, 생각했다.

　"나오세요. 지난번 했던 약속을 지킬게요."

　"약속?"

　"당신이 려강에 오면 술을 사기로 했잖아요. 전 지키지 않

을 약속은 하지 않는답니다."

　마음에 드는 말이었다.

　하지만 유시(酉時; 오후 5~7시)도 되지 않았는데 술이라니.

'이 여자 종잡을 수가 없군.'

반악은 그녀가 남동생에게 소학의 구절을 인용하며 훈계하던 모습을 아직까지도 명확하게 기억하고 있었다.

비룡지에서도 꽤나 고집스럽게 예를 따지지 않았던가.

전체적으로 절제되고, 뭔가 고루한 느낌을 주었다고 할까.

그런데 날도 안 저물었는데 술을 마시자는 걸 보면, 꼭 그런 것만도 아닌 모양이었다.

"어서 나와요."

반악은 재촉하는 그녀를 따라 방을 나섰다.

'여기서 마시는 게 아니었나?'

객잔 일층에서 마실 것이라 생각했는데, 묵담향은 그대로 지나쳐 객잔을 나서는 게 아닌가.

"어딜 가는 거요?"

"주점이요."

무슨 주점?

혹시 조금 더 그럴 듯한 곳으로 가서 술을 사려는 건지도 모른다는 생각에 묵묵히 그녀의 뒤를 따랐다.

그런데 대로를 쭉 따라가다가, 후미진 골목으로 들어서고, 조금 더 걸은 끝에 도착한 곳은 척 보아도 술값이 싸겠구나, 라는 생각이 들게 하는 허름한 주점이었다.

안에 손님들이 제법 많은지, 밖에까지 들릴 정도로 시끌시끌했다.

묵담향은 자주 오던 곳인 듯 거침없이 문을 열고 안으로 들어갔다.

"……!"

뒤따라 들어간 반악은 내심 깜짝 놀랐다.

다섯 개의 탁자를 꽉 채우고 앉아서 먹고, 마시던 사내들이 일제히 입을 다물고 그를 쳐다봤기 때문이다.

'뭐야?'

어리둥절했다.

'내 몰골이 이상한가?'

하지만 사람들 중에서 뇌혁강 등을 비롯한 낯이 익은 몇 명을 발견하고, 왜 저렇게 쳐다보는지 알게 되었다.

'이곳도 반룡복고당의 거점 중 하나였군.'

반악은 묵담향을 쳐다보았다.

그녀는 마치 속았죠, 하는 표정으로 웃고 있었다.

"반 소협, 어서 오시오."

뇌혁강이 환한 얼굴로 두 팔을 활짝 펼치며 그를 반겼다.

반악으로서는 내키지 않았지만, 애써 미소를 지어 보이며 마주 인사를 했다.

"하하하, 놀란 모양이구려? 입당을 했는데 다른 식구들과는 인사도 나누지 못하지 않았소이까. 이제 같이 동고동락하며 지내야 할 텐데 얼굴도 모르면 안 될 것 같아서 자리를 만들었소이다."

일종의 친목을 도모하는 자리라는 것인데, 반악으로서는 이대로 나가 버리고 싶은 자리라 할 수 있었다.

하지만 입당을 한 이상 이런 자리에 참석하는 것도 그가 어느 정도는 감수해야만 하는 상황 아니겠는가.

"자, 이리 오시오. 내가 한 명씩 소개시켜 드리리다."

반악은 뇌혁강을 따라 자리를 잡고 앉아 있는 이들에게 차례로 다가가 이름을 듣고, 려강에서 어떤 일을 하고 있는지 등등에 대해서 간단한 설명을 들었다.

그 중에는 다관에서 본 점원 금장거와 묵담향과 같이 려강으로 온 사내 공추걸처럼 이미 얼굴을 알고 있는 사람도 있었지만, 거의 대부분은 처음 보는 사람들이었다.

반악은 그렇게 모두 합쳐 스무 명이 넘는 사람들과 인사를 나눠야만 했다.

"죄송합니다. 저도 뒤늦게 전해 들어서 미리 알려드릴 수가 없었습니다."

강학청이 옆을 지나치며 조용히 말했다.

반악은 괜찮다는 듯 고개를 살짝 끄덕였다.

사실 그는 전혀 괜찮지 않았다. 강학청에게 화가 났다는 게 아니라, 친목과 화합이라는 이름으로 모인 이런 자리와 분위기가 너무 어색하고, 불편했던 것이다.

이십여 명의 사람들이 돌아가면서 다가와 말을 걸고, 술을 따르고, 건배를 제안하고, 시답잖은 농담으로 웃음을 강요하는 이런 자리에 근 이십여 년간 참석해 본 적이 없는 그로서는 앉아 있는 것만으로도 곤욕이었다.

물론, 그는 말을 하면 들어 주고, 술을 따라주면 마시고, 농담이 웃기지 않으면서도 가볍게 미소를 지어보이며 최선을 다해 분위기에 동화되려고 애를 썼다.

왜?

필요했으니까.

조금 더 지켜보긴 해야겠지만, 일단은 반룡복고당에 있으면서 거룡방을 상대할 생각을 하고 있기 때문이다.

물론, 그의 인내심은 길지 않을 것이었다.

지금과 같은 기분이라면 이런 자리에 참석하는 것도 이번이 마지막일지 몰랐다.

"반 형은 술이 무척 세시군요."

시간이 꽤 흐르고 절반 이상이 취기를 이기지 못해 탁자에 엎드려 자거나, 부축을 받고 거처로 돌아갔을 때쯤 공추걸이 반악의 옆에 앉으며 말을 걸었다.

'그러고 보니 이놈은 내 옆으로 처음 오는군.'

공추걸은 거의 대부분 묵담향과 붙어 앉아서 술을 마셨던 것이다.

그렇다고 해서 그와 이야기를 나누고 싶다는 생각을 한 것도 아니지만, 술 약속을 지키겠다며 이곳까지 데리고 온 묵담향이 공추걸하고만 앉아 있었으니 신경이 쓰이지 않을 수 없었다.

"나도 제법 마신다고 생각했는데, 반 형의 멀쩡한 모습을 보고 나 정도는 아무것도 아니란 걸 알았습니다."

반악은 또 시답잖은 잡담을 들어줘야 할 분위기 같아서 짜증이 났지만, 내심 한숨을 내쉬며 억눌러 참았다.

예상대로 공추걸의 말들은 그의 입장에서는 잡담이라고 생각할 수밖에 없는 이야기뿐이었다. 하지만 이야기가 거의 막바지쯤에 이르렀을 때, 반악도 관심이 갈 만한 내용이 하나 나왔다.

"묵 소저는 참 대단한 여자입니다. 난 이제까지 저처럼 예쁘고, 지혜로운 여자는 본 적이 없습니다."

"……."

"예전부터 반 소협에게 고맙단 말을 하고 싶었습니다. 그녀를 구해 준 것에 정말 감사드립니다."

공추걸은 포권을 취하며 머리를 숙였다.

그리고는 곧바로 일어나 다시 묵담향의 옆자리로 가 버렸다.

마치 그 말을 하기 위해 왔었다는 듯이.

'고맙다…….'

반악은 기분이 묘했다.

공추걸에게 그런 말을 듣기 위해 묵담향을 구해 준 건 아니었으니까.

자리에서 일어났다. 더 이상 이곳에 있고 싶지 않았다. 이 정도 했으면 그로서는 과할 정도로 참고, 노력한 것이 아니던 가.

대부분이 술에 만취해 있어 입구로 걸어가는 반악에게 신경 쓰는 사람은 아무도 없었다.

묵담향이 있는 곳을 힐끔 돌아보니, 그녀는 마주 앉은 강학 청과 심도 있는 이야기를 나누는 듯 눈도 깜빡하지 않고 대화 에 집중하고 있었다. 그 옆에는 마치 그림자라도 된 것처럼 공 추걸이 붙어 앉아서, 많이 졸린 듯 병든 닭처럼 꾸벅거렸다.

조용히 주점을 빠져나온 반악은 어둑한 하늘을 올려다보았 다.

"후⋯⋯."

술기운이 가득한 숨결을 길게 내뱉으며 눈을 감았다.

입맛이 썼다. 가슴 한 구석에 작은 구멍이 난 듯 기운이 빠 졌다.

'뭔가 때려 부수면 괜찮아질까?'

아니면 누군가와 시원스럽게 싸워보는 것도 나쁘지 않을 것 같았다.

반악은 문득 부용설이 떠올랐다.

그녀의 모습을 떠올렸다는 게 아니라, 그녀가 제안했던 내 용이 떠오른 것이다.

'패왕보라⋯⋯.'

자세히 알지는 못했다.

그러나 안휘의 남서쪽에서 역사가 가장 오래된 사파문으로써 고수의 숫자, 규모, 경제력 등을 고려하면 결코 만만한 문파가 아니란 것 정도는 알고 있었다.

그들과 싸우다보면 잡생각 같은 건 할 틈도 없을 게 분명했다.

'한 번 붙어보지, 뭐.'

반악은 부용설의 제안을 받아들이기로 마음을 굳혔다.

그는 내공을 끌어올려 전신으로 휘돌리고, 뜨거운 기운을 일으켰다.

순간 그의 몸에서 수증기 같은 게 뿌옇게 일어나며, 지독한 술 냄새가 사방으로 퍼져나갔다.

막대한 내공을 이용해 술기운을 몸 밖으로 배출시킨 것이다.

반악은 방향을 가늠하고 골목을 따라 걸음을 옮겼다.

그가 향하는 곳은 진가장.

결심을 굳혔으니, 시간 끌 것 없이 바로 일을 진행할 생각이었다.

*   *   *

진가장 심처.

왕모의 거처 내부에 있는 별실엔 목허창이 머무르고 있었다.

그는 본래 장원 내에서 살지 않았다. 려강 북쪽에 그와 그의 가족이 머무는 저택이 마련되어 있었던 것이다. 하지만 장주 대리가 되고부터는 홀로 진가장에 들어와 있는 중이었다.

침상에는 목허창과 시녀가 벌거벗은 채 뒤엉켜 있었다.

"아!"

작고 귀여운 시녀의 발그레한 얼굴이 찡그려졌다.

하지만 싫어서 그러는 게 아니라, 열락의 기쁨을 표현한 일 그러짐이었다.

그녀의 작고 매끄러운 나신도 목허창의 움직임에 따라 몇 번이고 뒤틀어졌다. 분홍색의 자그마한 입이 살짝 벌어져 가느다란 신음을 동반한 채 헐떡거렸다.

시녀의 반응에 만족한 목허창은 조금 더 격하게 허리를 움직였다. 손을 뻗어 작지만 부드럽게 흔들리는 가슴을 움켜잡아 점점 거세게 타올라가는 음욕을 표출하기도 했다.

쾌락의 시간은 약간 더 이어졌고, 잠깐 경직되었던 목허창이 시녀의 몸 위로 널브러지면서 완전히 끝이 났다.

목허창은 침을 삼키며 거칠어진 숨결을 다독이고 물었다.

"좋았어?"

"예, 나리. 좋았어요."

하지만 대답과 달리 시녀의 표정에선 실망스러워하는 기색이 보였다. 이렇게 끝내 버린 목허창을 원망하는 듯했다.

그러나 반대쪽으로 고개를 돌리고 있는 목허창은 그녀의 표정을 볼 수가 없었다.

'그분은 훨씬 더 오래 하셨는데…….'

시녀는 죽은 진 장주를 떠올렸다.

그가 그녀를 아껴주었던, 밤마다 그녀를 크나큰 열락의 기쁨으로 이끌어주었던 기억을 떠올렸다.

단순히 육체적 그리움만은 아니었다.

따스한 눈빛, 애정 어린 손길, 재미난 이야기를 들려주던 부드럽고, 차분한 목소리.

그때는 몰랐는데 지금 돌이켜보면 시녀가 아니라, 연인처럼 대해 주었던 것이다.

시녀는 그가 그리웠다.

만약 목허창이 강제로 그녀를 겁탈하고, 협박하고, 꼬드겨서 장주가 복용하는 약에 독을 넣게 만들지만 않았다면, 변함없이 그의 아낌을 받으며 행복한 미소를 지은 채 잠들 수 있었을 텐데, 하는 안타까움이 그녀를 슬프게 만들었다.

시녀의 뺨을 타고 굵은 눈물이 흘러내렸다.

드르렁.

목허창은 시녀의 몸 위에서 그대로 잠들어 버린 듯 코를 골기 시작했다.

시녀는 그를 옆으로 밀쳐냈다. 목허창은 몸을 살짝 뒤척이고, 입을 쩝쩝거리다가 다시 코를 골았다.

시녀는 그를 원망스레 노려보았다. 하지만 곧 힘 빠진 표정을 지었다. 결국 자신은 이런 남자에게 이용당했고, 지금은 노리개처럼 취급당하는 신세일 뿐이니까.

시녀는 침상에서 조용히 일어났다. 그리고 벗어놓은 옷을 뒤져 자그맣게 접은 종이를 꺼내들었다.

탁자로 걸어간 시녀는 잔에 찻물을 따랐다. 그리고 종이를 펼치니, 그 안에는 소량의 하얀 가루가 담겨 있었다.

그녀는 마음을 다지듯 눈을 질끈 감았다.

'지금 장주님 곁으로 갈게요.'

하얀 가루를 입 안에 털어 넣고, 찻물과 함께 삼켰다.

하얀 가루는 진 장주의 약에 탔던 독이 남은 것이었다.

시녀는 의자에 앉았다. 얼마 있지 않아 심장이 아려왔다. 숨이 가빠지고, 시야는 흐릿해지고, 몸에서 힘이 빠져나간 듯 똑바로 앉아 있을 수가 없었다.

그녀는 몸을 가누지 못하고 좌우로 비틀거리다가 바닥으로 쓰러졌다.

'누구지?'

시녀의 흐릿한 시야 속에 누군가의 발이 보였다.

'장주님이세요? 절 데려가기 위해 마중 나오셨나요?'

시녀는 고개를 들어 발의 주인을 보고 싶었지만, 몸에 아무런 힘이 없어 꼼짝도 할 수가 없었다.

그녀는 곧 의식을 잃었고, 조금 뒤 실처럼 가늘어졌던 숨결이 완전히 끊어져 버렸다.

*　　　*　　　*

반악은 바닥에 엎드린 채로 죽은 시녀를 가만히 내려다보았다.

'왜 자살했지?'

하지만 유일하게 대답해 줄 수 있는 시녀가 죽었으니, 그가 알 수 있는 방법은 없었다.

그는 잠시 고민하다가 시녀의 옷을 가져와 시신을 덮었다. 그가 상관할 일은 아니었지만, 벌거벗은 여인의 시신이 눈앞에 있다는 건 별로 보기 좋은 모습은 아니었으니까.

반악은 침상으로 다가갔다.

아무것도 모르고 코를 골며 자고 있는 목허창의 모습은 한심스럽기 그지없었다.

'이대로……'

목을 잡아 가볍게 누르기만 해도 단번에 부러트려 죽일 수 있었다.

그러나 목허창만 죽인다고 모두 끝날 일이 아니었다. 그의 뒤에 있는 간습과 패왕보를 감안해야만 했다.

그래서 반악은 검은 천으로 얼굴을 가리고, 비수를 꺼내들었다.

툭툭.

목허창의 뺨을 두드렸다.

하지만 둔감한 그는 일어나지 않았다.

드르렁 드르렁.

반악은 가만히 보고 있다가 코를 잡아 단번에 비틀었다.

"악!"

목허창은 코뼈가 부러지는 고통에 놀라 깨어났다.

하지만 눈앞에서 번쩍거리는 비수를 보고는 비명을 안으로 삼킨 채 돌처럼 굳어 버렸다. 코에서 피가 줄줄 흘러내리는 데도 닦을 생각조차 할 수 없었다.

"목허창."

"……."

반악은 목에다가 날을 비스듬히 갖다댔다.

"대답 안 해?"

"예, 예. 제가 목허창입니다."

"난 네놈이 한 일을 알고 있다."

"예? 무, 무슨……."

"네놈이 진 장주를 죽였지?"

"……!"

"왕모를 저리 만든 것도 네놈 짓이지?"

목허창의 눈동자가 흔들렸다.

'이자가 어찌 그걸 알고 있지?'

그리고 자신을 위협하는 이유가 무엇인지도 궁금했다.

하지만 무엇보다 복면인이 누구인지 알아야 할 것이 아닌가.

"다, 당신은 누구십니까?"

"그건 알 거 없고. 내 말 잘 들어."

"……."

반악은 비수를 쥔 손에 힘을 주었다.

피부가 살짝 베어지며, 가는 핏물이 목을 타고 흘러내렸다.

"대답 안 해?"

"예, 예. 말씀하십시오."

"지금 당장 려강을 떠나라. 안휘에서조차 모습을 보이지 마. 만약 내 눈에 발견되면……."

반악은 비수를 들어 목허창의 뺨을 살짝 그어 내렸다.

목허창은 몸을 덜덜 떨었다. 깊지 않은 상처라지만 아픈 건 아픈 거고, 그 이상의 고통이 이어질까 두려웠던 것이다.

"알아듣겠지?"

"예, 예. 알겠습니다."

"정말? 표정은 모른다고 하는 거 같은데?"

"아, 아닙니다. 알아들었습니다."

"아니야. 넌 몰라. 모르는 게 분명해."

"압니다. 정말 알아요. 진짜 알……!"

반악은 왼손으로 목허창의 입을 틀어막았다. 그리고 그의 왼쪽 귀에 비수를 올리고 느릿하게 그어 내렸다.

튀어나올 것처럼 눈이 커진 목허창은 고개를 흔들었다. 아니, 흔들려고 했지만 반악의 손에 눌려 그럴 수 없었다. 그래서 몸부림을 쳤다. 하지만 그것도 반악이 팔꿈치로 누르고 있는 바람에 그가 원하는 만큼 움직일 수가 없었다.

그는 결국 귀가 떨어져 나갈 때까지 고통을 제대로 표현도 못한 채, 속으로만 비명을 지르고 있어야만 했다.

반악은 그가 어느 정도 고통에 둔감해지고, 경직되었던 몸도 살짝 풀어졌을 때 입을 막고 있던 손을 뗐다.

"어때, 알아들었지?"

"예, 예, 알아들었습니다! 진짜 알아들었습니다!"

목허창은 너무 무서워서 아프다는 소리도 못하고, 눈물 콧물로 범벅이 된 얼굴로 정신없이 고개를 끄덕였다.

반악은 이젠 진짜 알아들은 것 같군, 하며 고개를 끄덕이고 침상에서 물러나왔다.

"지금은 귀 한쪽으로 끝나지만, 앞으로 내 눈에 걸리면 그 머리를 떼어 버릴 거다."

"예, 예, 명심하겠습니다. 절대 걸리지 않겠습니다."

"날 실망시키지 않는 게 좋을 거야. 그리고 잔머리 굴리지 마. 우리의 눈은 려강 곳곳에 있으니까."

반악은 당당히 별실 문을 열고 밖으로 나갔다.

"......"

목허창은 한동안 멍하니 누워만 있었다.

그러다 머리 왼쪽이 축축해지는 느낌에 퍼뜩 정신을 차리고 일어났다.

"으......"

공포심 때문에 잊고 있던 고통이 뒤늦게 밀려왔다.

귀가 잘린 부위도 아프고, 부러진 코도 아프고, 베어진 뺨과 목도 아팠다.

하지만 지금은 그런 게 문제가 아니었다.

"일단 여길 나가자!"

그는 이불을 뜯어 귀가 잘린 부위를 감싸쥐고서 침상을 빠져나왔다.

"헉!"

급히 옷을 찾아 입고서 밖으로 나가려던 목허창은 시녀의 시신을 발견하고 헛바람을 내질렀다.

'그놈이 죽인 건가?'

그의 입장에서는 그렇게 생각할 수밖에 없었다.

시녀의 얼굴은 하얗게 질린 채로 차갑게 굳어가고 있었다.

다리가 후들후들 떨렸다. 심장이 밖으로 튀어나올 것처럼 급하게 뛰었다. 멈춰졌던 눈물이 다시 흘러내렸다.

하지만 시녀의 죽음이 슬프고, 안타까워서가 아니었다. 잘못되었으면 자신도 이처럼 싸늘한 시체가 되었을 거라는, 복면인의 협박이 결코 허언이 아니란 것을 실감하고 무서워서 우는 것이었다.

목허창은 어느 정도 마음이 진정되고 나서 시녀의 시체를 크게 돌아 별실을 나왔다.

'이제 어떻게 하지?'

처음엔 복면인의 말대로 려강을, 안휘를 떠나야겠다는 생각을 했다.

하지만 그가 안휘를 떠나 타지에서 무얼 할 수 있을까.

당장 가지고 갈 돈도 없었다. 대부분의 재산은 땅과 건물에 묶여 있어서 단시간에 회수하는 것도 불가능했다.

게다가 이렇게 떠나는 게 너무 억울했다.

한시적이기는 하지만 진가장의 권력을 잡았고 영원히 자신의 것으로 만들기 직전인데, 이제야말로 누이의 간섭과 명령에서 벗어나 그의 맘대로 누리며 즐기고 살 수 있게 되었는데, 모든 걸 포기하고 떠나야 한다니.

'소보주를 찾아가야겠다.'

복면인이 누구인지 모르지만 무림인이란 건 분명했다.

그리고 같은 무림인인 간습이라면 그의 두려움을 해소시켜 줄 수 있을 것이다.

'이렇게 된 건 소보주의 책임이기도 하잖아.'

진 장주를 죽이라고 꼬드긴 것도, 독약을 구해 준 것도, 왕모를 의식불명에 빠트려야 한다고 그의 등을 떠민 것도, 수단

방법을 가리지 말고 부용설을 협박하고 굴복시켜야 한다면서 그의 음심을 자극한 것도 모두 간습이었다.

'그가 날 도와줄 거야.'

목허창은 그의 마차가 있는 마구간 쪽으로 달려갔다.

패왕보가 있는 동성현으로 가기 위해서였다.

*　　　　*　　　　*

'예상대로 움직이는군.'

마당 구석에 높다랗게 자라 있는 나무 꼭대기에 서서 목허창이 마구간으로 달려가는 걸 보고 있던 반악은 만족스런 표정을 지었다.

목허창을 죽이지 않고 적당히 겁만 준 것은 그가 패왕보로 달려가도록 하기 위해서였으니까.

'그럼 이제…….'

반악은 나무를 박차고 뛰어올랐다.

그의 신형은 마치 새처럼 밤하늘을 가르다가 천천히 하락을 하더니 정확히 지붕 위로 떨어져 내렸다.

타탁.

무게감을 상실한 듯 소리 없이 지붕 위로 내려섰던 반악은 다시 공중으로 치솟아 올랐다.

그렇게 두 번에 걸친 도약 끝에 당도한 곳은 부용설의 거처가 있는 건물의 지붕이었다.

그는 처마에 발끝만 걸치고 거꾸로 매달려 방 안을 살폈다.

'남들 앞에서는 얼음이라도 된 듯 냉기를 풀풀 날리면서, 저 호위무사를 간호하는 모습은 현모양처가 따로 없군.'

사람의 속을 제대로 알기란 쉽지가 않다더니, 밤이 깊었는데도 조용히 인승의 옆을 지키고 있는 부용설의 모습 어디에서도 소문과 같은 차가움을 느낄 수가 없었다.

'하긴……'

지난번에도 남들이 보지 않을 때엔 약하고, 여린 모습을 드러내지 않았던가.

'저런 여자가 욕심 많은 사람들로 들끓고 있는 이 정도의 호족가문을 잘 이끌어 갈 수 있을까?'

문득 그런 의문이 들긴 했지만, 그거야 부용설이 스스로 알아서 할 일이었다.

반악은 발끝에 힘을 빼고 아래로 뚝 떨어졌다. 그리고 순간 몸을 뒤틀어 창문 끝을 손으로 잡고 방 안쪽에 소리 없이 내려섰다.

반악은 그가 들어온 것도 모르고 있는 부용설을 향해 말했다.

"위험을 방지하고자 한다면, 최소한 밤에는 창문을 닫고 있으시오."

"……!"

부용설은 깜짝 놀라 일어섰다.

하지만 반악을 향해 고개를 돌렸을 때는 이미 놀란 표정을 속으로 감추고 특유의 도도하고, 냉랭한 얼굴이 되어 있었다.

'저러는 것도 쉬운 일은 아니지.'

반악은 내심 쓴웃음을 지었다.

그 역시 자신의 모습 일부분을 감추고, 다른 사람처럼 행세를 하고 있지 않은가.

물론, 그 감춘 특성은 부용설과 완전히 반대였지만.

부용설은 눈살을 찌푸리며 말했다.

"몰래 들어오는 그 나쁜 습관을 좀 바꾸는 게 어떤가요."

"떳떳하게 들어올 수 있는 상황이면 나도 이런 수고를 하고 싶지는 않소."

부용설은 그 점에 대해서는 할 말이 없었기에 조용히 탁자로 와서 앉았다.

그리고 반악도 앉으라는 듯 두 개의 잔을 놓고 찻물을 따랐다.

"또 찾아온 걸 보면 생각을 정한 것이겠죠?"

반악은 맞은편 자리에 앉아 찻잔을 집어 들며 고개를 끄덕였다.

"일은 이미 시작되었소."

"......?"

"방금 목허창을 위협해 도망치게 만들었소."

"……!"

부용설은 살짝 놀라다가 곧 이해할 수 없다는 듯 물었다.

"그를 그냥 도망치게 했다고요?"

왜 죽이지 않았냐는 뜻이었다.

"목허창 하나 죽는 것으로 끝나지 않는다는 것은 당신도 알고 있을 텐데."

"맞아요. 진짜 문제는 패왕보죠. 하지만 그가 장주대리로서 살아 있는 것은 불안 요소를 하나 남겨두는 것과 같아요."

"그렇기는 하지."

반악은 그녀의 진실한 내면은 겉모습처럼 차갑고, 단호하지 않아서 진가장을 이끌어 가기 힘들지 않을까, 하고 의문스러워 했던 생각을 수정했다.

'이 정도의 영리함이라면 제법 잘 할 수 있겠군.'

"목허창은 장원으로 다시 돌아올 수 없을 거요."

"어떻게요?"

"일단 당신이 어떻게 하느냐에 달렸소."

"……?"

"서쪽 끝에 있는 청운객잔으로 가서 그 주인을 만나시오. 그리고 지난번 내가 요구했던 조건을 역으로 제시하여 보호를 요청하는 협상을 하시오. 다만, 패왕보에 대한 언급은 하지 말고, 목허창이 당신을 노리고 있어 불안하기 때문이라 말하시오."

"그런데 청운객잔의 주인은 어떤 사람이죠?"

"그냥 패왕보와 적대관계라 할 수 있는 사람이란 것만 알고 있으시오."

"더 자세히 알려주세요."

"너무 많이 알아서 좋을 거 없소."

"난 이 일에 목숨을 걸었어요."

"세상엔 이보다 더 소소한 일로 목숨을 거는 사람이 많소. 기반도 없고, 힘도 없는 여자가 진가장 정도의 호족가문을 손에 넣으려면 그 정도의 각오는 해야 하는 거요."

부용설은 반악을 노려보았다.

하지만 그렇게 보는 것만으로는 티끌만큼도 영향을 줄 수 없다는 것을 알기에 곧 눈빛을 거두었다.

그녀는 물었다.

"좋아요, 더 이상 묻지 않을게요. 하지만 청운객잔의 주인이 자신을 어찌 알고 찾아왔냐고 물으면 뭐라고 대답하죠?"

"강 점주를 찾아갔을 때처럼만 하면 될 거요."

"……"

"그때도 당신은 거의 아는 것도 없이, 상황을 대략 유추한 것만을 가지고 그를 움직이게 하고, 나를 찾아오게 만들었잖소."

일종의 객기를 부리라는 뜻이었다.

"당신에게 려강의 안팎을 살필 이목 정도는 있다고 두루뭉

126

술하게 이야기하면, 청운객잔의 주인도 강 점주와 비슷한 반응을 보일 거요."

모든 걸 세세히 드러내는 것보다, 뭔가 비밀이 있는 듯한 모습이 더욱 무게감과 설득력이 있으니까.

부용설은 잠시 침묵하다가 물었다.

"당신은 나를 돕는 게 아니라, 날 이용하고 있군요."

"대가 없는 도움이란 있을 수가 없소."

"이 일을 잘 끝낸다고 해도, 당신들과 엮이는 것으로 또 다른 위험을 불러올지도 모른다는 생각이 들어요."

"그렇지 않다고 말은 하지 않겠소."

"당신은 누구죠?"

부용설은 처음으로 반악에 대해 알고 싶어졌다.

그에 대해 아무것도 알지 못한 채 모든 위험을 안고 뛰어들 수는 없는 일이었으니까.

하지만 반악이 해줄 말은 한 가지뿐이었다.

"난 반악이오."

"……."

위험을 안고 뛰어들 수밖에 없다고 말하는 것일까.

'아니면 이미 빠져나올 수 없다고 하는 걸까.'

그럴지도 몰랐다.

반악이 이 방에 나타난 순간, 모든 것은 이미 진행되고 있다고 봐야 하는 것이다.

그녀는 다시 물었다.

"당신을 믿어도 되나요?"

반악은 망설임 없이 고개를 끄덕였다.

"믿어도 되오. 하지만 그건 당신의 선택이오."

부용설은 잠시 침묵을 지키며, 조금도 흔들림 없는 반악의 눈동자를 빤히 쳐다보았다.

그리고 말했다.

"당신의 말대로 하겠어요."

반악은 일어섰다.

그리고 창문으로 걸어가다 문득 걸음을 멈추고 말했다.

"목허창이 머물렀던 방에 가면 시녀가 죽어 있을 거요."

부용설의 얼굴이 차가워졌다.

"당신이 죽였나요?"

"아니오. 그녀는 독을 마시고 자결했소. 목허창의 밤 시중을 드는 시녀던데, 왜 자결했는지는 모르겠소. 당신은 짐작되는 게 있소?"

"없어요."

반악은 기묘한 시선으로 부용설을 쳐다봤다.

없다고 하지만, 그녀의 굳어진 표정을 보면 뭔가 알고 있는 게 분명했기 때문이다.

하지만 그가 관여할 바는 아니었다.

"목허창이 다급히 떠난 것을 누구든 보았을 거요. 그러니

128

진위여부를 떠나 시녀의 죽음을 그의 짓이라고 몰아붙이면 장원에서 그의 입지가 약화되고, 당신에겐 유리해질 거요."

"참고하도록 하죠."

반악은 창문을 통해 떠났고, 부용설은 뭔가 충격을 받은 듯 한참을 멍하니 앉아 있었다.

"바보 같은!"

부용설은 갑자기 화난 음성을 토해냈다.

'그렇게 죽어 버릴 것을, 왜 그를 배반한 거야.'

부용설은 죽은 시녀가 누구이고, 왜 자결했는지 어느 정도 짐작했다.

처음엔 그녀에 대한 분노와 원망도 목허창 만큼이나 컸었다. 때가 되면 그녀도 대가를 치르게 만들리라 다짐했었다.

'그래, 너도 어쩔 수 없었겠지…….'

그런데 이렇게 되고 보니 괜스레 연민만 커지니, 참으로 알 수 없는 게 사람 마음인 모양이었다.

부용설은 씁쓸한 미소를 지으며, 인승을 살피기 위해 침상으로 다가갔다.

하지만 곧 뒤돌아 가서 열린 창문을 닫고, 밖에서 열지 못하도록 걸쇠까지 걸었다.

위험을 방지할 목적도 있었지만…….

'최소한 그가 몰래 들어와 놀라게 만드는 일은 없겠지.'

　　　　　　　　*　　　　*　　　　*

　진시(辰時; 오전 7~9시) 무렵.

　반악은 그의 앞에 공손히 선 견일에게 말해 보라는 듯 고개를 끄덕였다.

　"마 관주에게서 특별히 이상한 점을 발견할 수 없었습니다."

　"그뿐이냐?"

　"지금으로썬 그렇습니다."

　나름 결단력 있게 대답은 했지만, 견일은 살짝 눈치를 살폈다.

　아무것도 알아낸 것이 없다고 불호령이라도 떨어질까 염려가 되었던 것이다.

　하지만 반악의 반응은 담담하기만 했다.

　"견이와 견삼은 그자를 계속 감시하라고 해. 그리고 넌 따로 할 일이 있다."

　"……?"

　"어젯밤에 목허창이 진가장을 나와 동성현으로 갔다. 패왕보의 소보주를 만나기 위해서지. 그의 뒤를 쫓아가서 놈이 다시 나올 때까지 지켜보고 있어."

　"지켜만 보면 되는 것입니까?"

　"그는 분명 소보주랑 같이 나올 거다. 그리고 무사들도 거느리고 나올 거고. 무사들의 숫자와 이동 방향과 속도 등을 비롯해 최대한 많은 걸 파악해서 진가장의 부 부인을 찾아가 알려줘. 무슨 뜻인지 알겠지?"

모를 리가 없었다.

천문당원 시절 수행한 임무 중에는 적의 동태를 살피고, 전력을 탐색하는 등의 일도 많았으니까.

"그녀한테 그 모든 정보를 뇌 객주에게 전하라고 말하면 된다. 그럼 알아서 할 거야. 그리고 목허창을 쫓아가기 전에 강학청 보고 이리로 오라고 해."

"알겠습니다."

"이제 나가봐."

견일이 방을 나가고, 한식경쯤 흘렀을 때 강학청이 문을 두드리고 안으로 들어왔다.

"절 찾으셨습니까."

"어제 부 부인을 찾아가 제안을 받아들이기로 했어."

반악은 어젯밤 있었던 일들에 대해서 간략하게 설명을 해주었다.

"정오쯤에 부 부인이 뇌 객주를 찾아갈 거다. 그때 우연을 가장해서 자리에 동석하고, 뇌 객주가 부 부인의 제안을 받아들이는 쪽으로 유도하도록 해. 조건이 좋아서 뇌 객주로서는 거절할 수 없겠지만, 혹시 마 관주의 방해가 있을 수도 있으니까 그 점을 염두에 두고, 확실하게 성사시켜야 한다."

"알겠습니다."

"그리고……."

견일이 적의 전력을 탐색해 오고, 그 내용을 부용설에게 전하고, 부용설이 뇌 객주에게 알리게 되면, 싸움을 준비할 수밖에 없을 거라고 했다.

"견일이 돌아오면 바로 강 점주에게도 정보를 알려주도록 할 테니까, 승리를 위한 계책을 마련하도록. 이번 상황으로 반룡복고당에서의 자네 입지를 굳건히 하는 계기로 삼아야 한다는 걸 잊지 말고."

"명심하겠습니다."

"일전에 지시한 일은 어찌 되고 있지?"

"그가 제게 맡긴 회계장부를 중심으로 해서 조사를 하고 있기는 하지만, 아직까지는 눈에 띄는 점이 발견된 게 없습니다."

반악은 예상했던 일이라는 듯 고개를 끄덕였다.

'그처럼 쉽게 드러날 리가 없지.'

그래서 특별히 이상한 점이 없었다고 하는 견일의 보고에도 담담할 수 있었던 것이다.

"내가 왜 그를 감시하라 했는지 궁금하지 않나?"

"주군께선 그를 거룡방의 첩자로 생각하시는 게 아닙니까? 사실 저는 그가 입당했을 때부터 뭔가 석연치 않다 생각하고 있었습니다."

마치 반룡복고당의 무리가 올 것을 알았다는 듯 부상을 입고, 위기에 처한 게 너무 시기적절했다고나 할까.

물론, 처음엔 고개를 갸웃거리는 정도였다.

그러나 혼자서 물불을 안 가리고 거룡방의 무리에게 뛰어들었던 사람이, 입당을 하고 나서는 안정과 보전을 주장하고 나서자 본격적으로 의심이 증폭되었던 것이다.

"알고 있었으면 됐어. 그리고……."

"……."

"어제 묵 소저와는 무슨 이야기를 하고 있었지?"

"병법서인 육도의 내용에 대해 이야기를 하고 있었습니다."

"그랬었군."

반악은 잠시 침묵하다 다시 물었다.

"공출걸도 병법에 대해 잘 알고 있나?"

"아, 공 소협은 옆에서 듣기만 했습니다. 병법 쪽으로는 아는 게 거의 없을 겁니다. 그때도 졸리는 것을 억지로 참고 있더군요."

"흠."

"그런데 왜 그러시는지……?"

"아, 그냥. 너무 심도 있게 대화를 나누기에 궁금해서. 이제 나가봐."

"돌아가는 상황에 따라 즉각 알려 드리겠습니다."

강학청은 방을 나가고, 반악은 자신조차도 의미모를 미소를 지으며 눈을 감고 운기와 명상에 빠져들어 갔다.

* * *

부용설은 자리에서 일어섰다.

"그럼, 거래가 성사된 것으로 믿겠어요. 약속된 것은 잊지 않으시겠죠?"

뇌혁강 또한 따라 일어서며 말했다.

"부 부인께서 약속한 내용을 확실히 지켜주시기만 한다면 우리가 어기는 일은 절대 없을 것이오."

"여인의 몸이기는 하지만 약속의 무거움 정도는 알고 있습니다."

옆에서 가만히 듣고 있던 강학청은 손에 든 종이를 들어 보이며 말했다.

"약조한 내용을 문서로 남겨 두었으니, 두 분께선 그 문제에 대해 염려하실 일은 없을 것입니다."

강학청의 제안에 따라 협의한 내용을 문서로 작성, 각기 한 장씩 나눠 가진 것이다.

하지만 부용설은 그의 말에 동의하지 않았다.

"저는 한낱 종잇조각보다는 사내대장부의 한 마디 말을 더 중요하게 생각해요."

뇌혁강은 자신이야말로 사내대장부라는 듯 가슴을 펴며 말했다.

"내 이름 석 자를 걸고, 부 부인이 실망하는 일은 없을 것이라고 약속드리겠소."

"고마운 말씀이에요. 그렇다면 저 역시 약속의 무거움을 증명해야겠네요. 하지만 아녀자의 약속은 사내대장부의 약속만큼 무겁지 않으니, 말로만 할 수는 없겠죠."

그녀는 넓은 소매 안에서 비단 주머니 하나를 꺼내들어 뇌객주에게 내밀었다.

"약소하지만 약속의 증표로 생각해 주세요."

"이건……?"

뇌혁강은 크기에 비해 꽤나 묵직한 무게를 지닌 것에 살짝 놀라며 주머니를 열어보았다.

"아!"

열 냥짜리 금원보가 세 개나 들어 있었다.

금으로 삼십 냥, 은으로 육백 냥이나 되는 엄청난 거금이었다.

'역시 진가장의 안주인이구나.'

뇌혁강은 부용설의 커다란 배포에 내심 감탄을 금치 못했다.

하지만 겉으로는 크게 내색하지 않고 담담히 감사를 표했다.

"약속한 금액의 일부라 생각하고 잘 받겠소."

"아니요. 약조한 금액은 따로 드리겠어요. 이건 그냥 제 성의라 생각하세요."

"허허, 어찌 이처럼 큰 금액을 그냥 받을 수 있겠소이까."

"거절하신다면 제 마음이 편치 않을 거예요."

강학청도 받지 않으면 예가 아니라며 부용설을 거들었고, 이에 수긍한 뇌혁강은 고맙게 받겠다며 정중히 포권을 취했다.

"장원을 오래 비울 수 없는 몸이라 이만 돌아가 봐야겠어요."

차례로 다락방을 내려간 세 사람은 뇌혁강과 강학청의 사정상 삼 층 계단 위에서 부용설을 배웅했다.

그런데 그녀가 천으로 얼굴을 가리고 막 계단을 내려가려는데 마동찬이 허겁지겁 위로 뛰어올라왔다.

"조금 전에야 이야기를 들어서 늦었습니다."

부용설은 마동찬을 지나쳐 아래층으로 사라졌다.

뇌혁강은 부용설이 완전히 안 보일 때까지 기다리고 있다가 마동찬에게 말했다.

"논의는 끝났소."

"예?"

"우린 부 부인의 요청을 받아들여 그녀의 안전을 책임져주기로 약조했소이다."

"그게 무슨 말입니까?"

진가장의 부 부인이 뇌혁강을 찾아왔고, 매우 중요한 이야기를 나눈다는 정도만 알고 달려온 마동찬으로서는 영문 모를 소리였다.

"어차피 모두가 알아야 할 이야기이기는 하지만……."

"뇌 객주님, 안으로 자리를 옮겨서 이야기하시는 것이 좋을 듯합니다."

강학청이 그의 말을 막으며 방문 쪽으로 눈짓했다.

나름 중요하고, 비밀스런 이야기이기 때문이다.

그래서 뇌혁강과 강학청, 마동찬은 주위를 살피며 방으로 들어갔다.

"부 부인이 날 찾아온 연유는……."

뇌혁강은 진 장주 등이 죽고, 왕모의 병세가 깊어진 틈을 타 장주대리가 된 목허창이 더 큰 욕심을 위해 부 부인을 위협하고 있고, 그래서 생명의 위협을 느낀 그녀가 그를 찾아와 신변보호를 부탁했다는 내용을 설명했다.

"그녀가 신변보호의 대가로 제안한 금액은 우리가 운영하는 사업체의 모든 수익을 합친 것보다 많았소. 그렇지 않소이까, 강 점주?"

"엄청난 금액이지요."

"게다가 진가장을 그녀가 이어받게 되면 사업 전반에 걸쳐서 도움을 주고받기로 합의를 이루었소. 그래서 부 부인의 요청을 받아들이기로 약조를 했소이다."

"벌써요?"

"시급을 다투는 일이라서, 우리가 거절을 한다면 서둘러 다른 조력자들을 알아봐야 한다고 하는데 어찌 그냥 보낼 수가 있겠소."

"하지만 모두 모여 잠깐이라도 협의를 했어야……."

뇌혁강의 표정이 굳어졌다.

강학청이 그의 표정 변화를 감지하고 재빨리 입을 열었다.

"마 관주는 뇌 객주님이 심사숙고해서 내린 결단이 못마땅하기라도 하신 겁니까?"

그제야 뇌혁강이 불쾌해하고 있다는 걸 알아챈 마동찬은 얼른 고개를 내저었다.

"그렇지 않습니다. 다만……."

"다만, 뭐요?"

잠시 할 말을 찾지 못하던 마동찬은 한 가지 의문을 떠올리고 말했다.

"부 부인이 어찌 뇌 객주님을 알고 찾아온 것인지 의문스러워서 그렇습니다."

"정확히 이야기는 하지 않았지만, 그녀 정도의 사람이라면 주변에 이목이 날카로운 사람들을 거느리고 있는 게 당연하잖소. 다만, 우리의 깊은 내막까지는 모르는 눈치였소. 그 점은 다행스런 일이지."

"뇌 객주님. 아무리 생각해도 부 부인의 저의가 의심스럽습니다. 그러니 이 일은 사안의 중대성을 감안할 때 당주님께 소식을 전해 의견을 들어본 뒤 결정을 하시는 게 좋을 듯합니다."

"뭐요?"

뇌 객주의 얼굴이 찌푸려졌다.

이미 그의 판단을 믿지 못하겠다는 발언을 한 마동찬이 또 그의 권위에 문제를 제기하는 말을 하자 기분이 상한 것이다.

게다가 자신의 이름을 걸고 약속까지 하고, 거금의 계약금까지 받은 마당에 어찌 말을 바꿀 수가 있단 말인가.

"당주께선 내게 려강의 모든 책임을 일임하셨소. 그러니 이 정도의 일을 진행할 권한 정도는 내게도 충분히 있다는 뜻이오."

강학청이 말을 덧붙여 그를 추켜세웠다.

"당주님은 뇌 객주님을 그만큼 신임하고 계십니다. 또한 그러하기에 저를 비롯한 려강의 식구들 모두가 뇌 객주님을 믿고 따르고 있는 게 아니겠습니까."

마동찬은 강학청을 노려보았다.

혼내는 시어머니보다 말리는 시누이가 더 밉다더니, 강학청이 딱 그 꼴이지 않은가.

"마 관주가 어찌 생각하든 이미 결정이 내려진 사안이니 더 이상 왈가왈부하지 마시오. 이 일에 대해 또다시 언급을 한다면 나를 불신한다는 것으로 간주하고 회합에 참여할 수 있는 권한을 박탈하겠소."

"알겠습니다."

뇌혁강의 의지가 생각 이상으로 단호하다는 것을 알게 된 마동찬은 더 이상 아무 말도 할 수가 없었다.

'쉽게 해결이 되었군.'

강학청은 냉랭한 얼굴을 하고 아래층으로 내려가는 뇌혁강과 그 뒤를 풀이 죽은 얼굴로 뒤따라 내려가는 마동찬을 보며 내심 흡족한 미소를 지었다.

마동찬이 방해를 하면 어떻게 막아야 하나 걱정을 했었는데, 뒤늦게 소식이 전해지는 행운에 더불어서, 부용설이 너무 훌륭하게 처신을 해주어 그가 개입할 필요조차 없었던 것이다.

'이로써 마 관주가 거룡방의 사람임이 더욱 분명해졌다.'

부용설이 그들을 필요로 하는 내막은 예외로 치고, 반룡복고당에 막대한 자금이 들어올 수 있는 거래를 의심부터 하고, 막으려 한다는 건 상식적으로 이해할 수 없는 처사였기 때문이다.

날개를 단다, 라는 정도는 아니지만 반룡복고당이 크게 힘을 키울 수 있는 기회를 저지하려고 하는 건 거룡방의 첩자만이 할 수 있는 일이었다.

물론, 확실한 증거를 찾아내기 전에는 함부로 단언할 수 없는 민감한 사항이기 때문에, 강학청은 조금 더 세심하고 꼼꼼하게 마동찬을 조사해 봐야겠다고 마음을 먹었다.

'어쨌든, 이제 기다리는 일만 남았구나.'

강학청은 견일이 돌아와 그에게 정보를 전해 줄 때가 벌써 부터 기다려졌다.

자신이 구상한 계책으로 싸움을 승리로 이끌 수 있다는 건 그에게 있어 큰 기쁨이었으니까. 아니, 그의 계책으로 싸움에 임한다는 상황 자체가 그를 행복하게 만드는 것이었다.

그는 즐거운 표정으로 객잔을 나서 서점 쪽으로 걸음을 옮겼다.

第十八-下章

동성현 패왕보 간습의 거처.

"아야야! 아프잖아!"

목허창은 얼굴의 상처를 꿰매고 있던 의원에게 버럭 소리쳤다.

그러나 의원으로서는 억울한 일이었다. 칼에 베인 상처를 치료하는데 이 정도의 아픔 정도는 참을 줄 알아야 하는 게 아닌가 말이다.

'염병, 다 큰 어른이 이 정도 가지고.'

하지만 그는 불만을 토로할 수 없었다.

기분 나쁜 표정도 지을 수가 없었다.

왜?

바로 옆에 성질 더럽고, 잔혹하기로 소문난 간습이 앉아 있 었기 때문이었다.

간습은 뭔가 생각에 빠져 있다가 목허창에게 말했다.

"다시 한 번 이야기해 보시오."

"또 말하란 말인가?"

목허창은 질렸다는 표정을 지었다.

어젯밤에 있었던 일들을 벌써 세 번이나 설명했는데, 또 이 야기하라고 하니 당연했다. 옆에서 듣고 있던 의원까지 지겹 다는 생각을 할 정도니 오죽하겠는가.

그러나 간습은 눈동자를 날카롭게 번뜩이며 설명을 재촉했 다.

"하나도 빠짐없이 세세하게 말하시오."

목허창은 이제 그만하자고 말하려 했으나, 간습의 날카로운 눈빛을 마주하고 있자니 감히 거부할 수가 없었다.

"허험, 그러니까 어제 시녀와 질펀하게 뒹굴고 나서 잠이 들었는데……."

목허창은 코가 부러지는 지독한 고통을 느끼며 깨어난 것부 터 시작해서, 복면인에게 협박을 받고 난 뒤, 마차를 끌고 장 원을 빠져나오기까지 있었던 모든 과정과 대화와 행동을 하나 하나 풀어놓았다.

'우리의 눈은 려강 곳곳에 있다라…….'

그 이전 상황에 대해서는 이렇다하게 얻을 것이 없었으나, 복면인이 방을 나가기 전에 했다는 그 말은 들을 때마다 신경이 쓰였다.

'우리란 것은 무리가 있다는 뜻인데, 도대체 어떤 자들인지 짐작도 되지 않는군. 아니, 그런 세력이 려강에 있다는 게 믿기지가 않아.'

무림이라는 세상의 시각으로 보자면, 려강은 패왕보의 관할 안에 들어 있는 지역이었다.

하지만 관과의 깊은 유착 관계를 통해 려강을 지배하다시피 했던 진가장 때문에 이권을 노리고 개입하기가 어려웠고, 그래서 지금까지 손을 놓고 있었다.

사실 그 전까지는 려강까지 영역을 넓힐 여력이 부족했고, 려강이 없어도 충분히 풍족했으니까.

그래서 최근에는 청사파라는 하오문 따위가 그들보다 더욱 큰 영향력을 행사하는 웃기지도 않는 상황이 연출되고 있었던 것이다.

그런 상황에서 이제는 문파의 힘도 강성해지고, 영역을 넓힐 준비도 갖춰졌고, 진가장에도 문제가 생겼으니 려강과 진가장을 동시에 삼켜보자고 골머리를 썩고 있는 마당인데, 다른 무림 세력이 이미 자리를 잡고 있다고 하니 쉽게 믿기지 않는 게 당연했다.

'어쩌면 장원의 수뇌들이 다른 지역의 무림인들을 끌어들였

는지도 모르는 일이지.'

오히려 그럴 가능성이 더 높았다.

현재 진가장은 엄청난 보물을 품고 있는 무주공산이나 다를
바가 없으니까.

'어떤 놈들일까……'

어느 정도 수준의 무림인들이, 혹은 무림문파가 개입되어
있는지 알아야 하는데 목허창의 말을 들어보면 그저 한 명은
아니다, 정도밖에 유추해낼 수 없는 것이다.

'쓸모없는 인간 같으니!'

간습은 의원에게 아프다면서 쉼 없이 투덜거리고 있는 목허
창을 한심스럽다는 듯 쳐다보았다.

'조종하기가 쉬워서 밀어주고는 있지만, 이런 자가 그 독살
스런 왕모와 한 핏줄이라는 게 믿겨지지가 않는군. 하긴 그 정
도의 인물이었다면 나에게 이용당하지도 않겠지.'

"목 장주대리님, 아무래도 상황이 심각하게 돌아가는 듯싶
소."

"그거야 당연한 말이 아닌가. 내 귀가 잘린 순간부터 이미
심각해진 걸세."

목허창은 몇 번이나 반복해 설명하도록 만들고, 한참이나
고민을 하더니만 하는 말이 고작 그거냐, 하는 눈빛으로 쳐다
봤다.

'이걸 그냥!'

간습은 주먹으로 얼굴을 한 방 날려주고 싶은 것을 간신히 참고 다시 말을 이었다.

"아무래도 장원의 누군가가 무림인에게 사주하여 목 장주대리님을 사라지게 하고, 장원을 손에 넣으려고 수작을 부리고 있는 것 같소."

"그것 역시 나도 예상하고 있었네. 그런데 누구 짓이라고 생각하는가? 혹시 질부가 아닐까?"

간습은 헛웃음을 지었다.

장원의 많고 많은 사람들 중에 하필 부용설을 지목하다니.

"여자 따위가 뭘 할 수 있겠소."

"여자이긴 해도 만만한 여자가 아니란 말일세. 누님의 호통에도 표정 하나 변하지 않았던 여자야."

"지난번에 있었던 일을 벌써 잊었소? 내가 호위 놈을 미망인의 눈앞에서 피범벅으로 만들어 놨잖소. 아마 지금도 방에 처박혀 덜덜 떨고 있을 것이오."

"하긴 시뻘건 피가 튀는 걸 보았으니 그럴 수도 있겠군. 생각해 보면 조금 아쉬워. 그때 방으로 끌고 가서 아주 끝장을 봤어야 하는 건데 말이야."

목허창은 그때 자신이 너무 취했다느니, 끝장을 봤다면 지금쯤 부용설이 자신의 옆에서 아양을 떨고 있었을 거라느니, 자신이 밤일 하나만큼은 최고라느니, 하는 잡소리로 너스레를 떨었다.

간습은 이대로 듣고만 있으면 이야기가 끝나지 않을 것 같아서 중간에 말을 끊었다.

"목 장주대리님."

"응?"

"상황이 급하게 되었으니, 이제 느긋하게 움직일 틈이 없소."

"무슨 말인가?"

"그 복면인이 누구인지도 모르고, 그가 속한 단체의 규모도 모르고 있으니, 생각하고 자시고 할 것 없이 즉각 행동으로 옮겨야 한다는 말이오."

"행동으로 옮기다니?"

"지금 당장 무사들을 이끌고 려강에 가서 진가장을 무력으로 제압해야 한다는 거요."

"무력으로?"

목허창은 내키지 않는다는 표정이었다.

내막으로는 어떤 더러운 수작이 난무했던 간에, 외견상으로는 정당하게 장주가 되는 것처럼 보이고 싶은 게 그의 바람이었기 때문이다.

"지금은 머뭇거릴 틈이 없소. 시간이 없으니 무력으로 끝장을 내야만 하오."

물론, 간습도 목허창의 속내가 무엇인지 알고 있었다.

하지만 지금은 그런 걸 신경 쓸 때가 아니질 않은가.

쓸데없는 소망 때문에 여유 부리다가는 그들이 공들여서 만들어 놓은 탑이 무너질지도 모르는 일이다.

게다가 목허창의 문제가 아니라도, 간습은 이번 일을 반드시 성공시켜야만 했다.

'절대 실패해서는 안 된다.'

아니, 그에게는 실패가 용납될 수 없었다. 실패는 그에게 독과 같은 것이니까.

'더구나⋯⋯.'

이제 곧 그의 부친은 끔찍한 소식을 접하게 될 것이다.

간명이 죽었다고 하는 소식을.

간명과 함께 팔공산으로 간 무사들 중에 가족의 목숨을 빌미로 협박하여 끌어들인 자가 있는데, 그에게 독약을 주어 간명을 중독 시키게 했던 것이다.

무사에게 준 독은 조금만 지체하면 해독약이 있어도 손을 쓸 수 없는 치명적인 극독이었다.

'이제 얼마 있지 않으면 아들은 나밖에 남지 않게 될 것이나, 아직까지는 긴장감을 잃어선 안 된다.'

이럴 때일수록 그는 실패가 없는 완벽한 장남의 모습을 보여야만 했다.

"지금 당장 무사들을 불러 모을 테니까, 목 장주대리님도 준비하도록 하시오."

"나도 같이 가야 하나?"

목허창은 어제의 흉악스런 상황이 떠오르는지 두려운 표정을 지었다.

간습은 내심 짜증이 났으나, 그가 반드시 필요했기 때문에 부드러운 말로 설득했다.

"같이 가는 게 아니라, 앞장을 서야 하오. 아무리 무력을 동원해 강압적으로 장원을 손에 넣는다고는 하지만, 최소한의 명분이라도 있어야 할 게 아니오. 우리의 명분은 바로 목 장주 대리님 자신인 것이오."

"내가?"

"사특한 세력이 장원에 암약해 있고, 그들이 목 장주대리님을 죽이려 했다고 주장하는 거요. 그 시녀가 죽은 것도 그들의 짓이라고 하면 되지 않겠소."

"그들의 짓이라고 하면 되는 게 아니라, 그놈이 죽인 거라니까. 설마 소보주는 내가 시녀를 죽였다고 생각하는 건 아니겠지?"

간습은 내심 그럴지도 모르지, 하고 생각했지만 겉으로는 고개를 내저으며 아니라고 대답했다.

"어쨌든, 목 장주대리님이 앞장서지 않는다면 나와 무사들은 려강에 들어가는 것도 힘들 것이오. 진가장을 노리겠다는데 관에서 그냥 보고 있겠소? 그동안 목 장주대리님이 현령을 상대로 접대를 한 것도 결국 이럴 때를 위해서가 아니오."

"하하하, 그렇지. 암, 이럴 때를 대비해 현령을 구워삶아 놓은 것이지."

사실은 현령과는 그냥 죽이 잘 맞았고, 주색을 탐닉하려면 많은 돈이 들어가니 공금을 쓸 핑계로 같이 어울린 것이었지만, 지금 진짜 사정을 이야기하면 체면만 상하는 것이니 말을 해 무엇 하겠는가.

"난 지금 가서 무사들을 모아올 테니, 떠날 채비를 하고 계시오."

간습은 당부를 해놓고 급히 방을 나갔다.

건물을 나선 그는 잠시 멈춰 서서 고민했다.

'아버님 모르게 무사들을 데리고 나가야 하는데…….'

상황이 안 좋게 돌아가 직접적으로 무력을 이용해야 한다는 걸 알게 되면 일단 불신의 분위기가 생성되고, 잘못하면 그의 계획 자체를 무산시킬 가능성이 높았다.

부친은 그만큼 신중한 인물이었고, 자신에 대한 믿음도 부족했으니까.

'그렇다고 하급무사들만 데리고 갈 수는 없고…….'

혹시라도 그 정체모를 방해자들이 나타날 수도 있는데, 더구나 그들의 규모와 수준이 어느 정도인지도 모르는데, 약한 전력을 이끌고 가기에는 불안감이 컸다.

'내가 직접 훈련을 시킨다는 핑계를 대고 지왕대를 데리고 나가야겠군.'

패왕보의 무력대는 천왕, 지왕, 인왕으로 분류되었다.

그리고 지왕대는 모두 삼십 명으로 그 숫자가 적당하고, 현재 지왕대 대주가 천왕대 대주와 함께 간명을 보좌하여 팔공산으로 떠나 있는 상태라서 그가 손을 쓰기가 쉬웠다.

'천왕대를 데리고 가면 좋겠지만…….'

천왕대는 장원의 정예무사들로 구성되어 있어서, 부친의 이목을 피해 데리고 가는 게 거의 불가능했다. 그리고 지금 일부는 대주를 따라 간명을 호위하고 있기 때문에, 장원에 남은 천왕무사들은 몇 명 되지가 않았다.

'내가 지왕대를 데리고 나선다면 최강의 전력이라 할 수 있지.'

안휘만 따져 봐도 최강이라는 평가에 한참 모자라지만, 최소한 근방에서는 당해낼 자들이 없을 거라고 확신했다.

'서두르자.'

간습은 지왕대의 무사들을 불러 모으기 위해 그들의 숙소가 있는 곳으로 급히 걸음을 옮겼다.

* * *

가지가 무성한 나무 위에 웅크리고 앉아 패왕보를 감시하고 있던 견일의 눈동자가 빛났다.

'나오는군. 숫자는…….'

서른두 명.

'무사들의 움직임은 문파의 규모로 봤을 때 나쁘지 않은 수준 같지만, 나 혼자서도 서너 명은 상대할 수 있을 것 같고, 이동속도는…….'

견일은 숫자에서부터, 실력, 이동속도 등등에 대해서 꼼꼼하고, 세밀하게 관찰을 하고 나무에서 조용히 내려왔다.

그리고 내공을 최대한으로 끌어올려, 그가 낼 수 있는 최고의 속도로 경공을 펼쳐 려강이 있는 방향으로 달려갔다.

＊　　　＊　　　＊

뇌혁강은 다락방에서 심각한 표정으로 앉아 있었다.

일각 전 객잔을 다녀간 부용설이 그에게 전한 내용 때문이었다.

'설마 일이 이렇게 커질 줄이야.'

뇌혁강은 패왕보의 소보주가 목허창을 앞세워 려강으로 오고 있다는 말을 들었을 때 자신의 귀를 의심할 정도로 놀라고, 당황했다.

부용설과 계약을 맺었을 때만 해도 집안싸움 정도일 거라 생각했었는데, 이건 그야말로 문파간의 전투와 다를 바 없는 상황으로 치닫고 있지 않은가.

'이 일은 혼자 고민할 게 아니다.'

하지만 누구와 의논해야 할까.

'얼마 전이었다면 마 관주와 논의를 했겠지만……'

그는 처음부터 이번 일을 부정적으로 받아들였다.

게다가 자신의 결정에 의문을 표한다고 꾸짖기까지 했는데, 그런 그에게 패왕보에 대해 이야기를 하면 자신의 체면이 말이 아니게 되질 않겠는가.

'그렇다면……'

뇌혁강은 곧바로 다락방을 내려가 객잔을 나섰다.

그리고 대로를 따라 급히 걸어가 도착한 곳은 강학청이 운영하는 서점이었다.

서점 안을 보니 마침 손님이 아무도 없는 상태였다.

"강 점주."

"아, 뇌 객주님."

뭔가를 적고 있던 강학청은 안으로 들어오는 뇌혁강을 보고 놀란 표정을 지었다.

실상 전혀 놀라지 않았고 그가 찾아올 것을 예상했었지만, 겉으로 드러낼 수는 없는 일이었으니까.

"이곳엔 어쩐 일이십니까?"

"강 점주와 단둘이 의논할 게 있소이다. 아주 중요하고, 급한 일이니 잠시 서점 문을 닫고 이야기합시다."

"알겠습니다."

강학청은 서점 문 밖에 외출 중이라는 푯말을 세워두고, 안에서 걸쇠까지 걸어둔 뒤 뇌혁강과 서점 안쪽으로 들어가 작은 탁자를 사이에 두고 앉았다.

뇌혁강은 무거운 표정으로 입을 열었다.

"지난번 부 부인과 약조했던 일에 문제가 생겼소이다."

"문제라니요?"

"그 목허창이란 자가 동성현의 패왕보와 손을 잡은 모양이오. 지금 수십 명의 무사들을 이끌고 려강으로 오는 중이라 하오."

"어허, 어찌 그런 일이."

강학청은 짐짓 난감하고, 당황스럽다는 듯 고개를 내저으며 탄식을 터트렸다.

하지만 그 역시 의도된 연기에 불과했으니, 그는 내심의 미안함을 억누르고 물었다.

"허면 이제 어쩌실 생각이십니까?"

"그래서 강 점주를 찾아온 게 아니오. 부 부인은 약조한 대로 보호를 해달라고 하는데, 그렇게 하자면 패왕보와 싸워야 하고, 그들과 싸우면 우리의 존재가 완전히 드러나게 될 것이고, 얼마 있지 않아 거룡방도 알게 되는 건 자명한 일. 지금껏 외부로 드러내지 않기 위해 그렇게 애를 썼는데, 이번 일로 그 모든 게 소용없게 되고 말 것이오."

강학청은 그렇겠지요, 하며 고개를 끄덕였다.

"강 점주는 어찌 생각하시오."

"그 전에 알고 싶은 게 있습니다."

"……?"

"당주님께서 려강에 거점을 만든 것은 단순히 당의 경제력을 보완하기 위해서인가요, 아니면 거룡방과 싸우기 위한 발판을 마련하기 위해서인가요."

강학청 또한 본거지에서 려강으로 파견되어 나온 사람이지만, 떠나기 전에 당주와 직접 대면하고 그 의도를 전해들은 사람은 뇌혁강뿐이기에 묻는 것이었다.

"그 둘 다 해당한다고 할 수 있소."

"그럼, 지금껏 우리의 진정한 정체를 감추고 사업에만 몰두했던 것에 대해서, 최근 당주님이 따로 말씀하신 것은 없는 겁니까?"

그들이 려강에 진출하고 거룡방에 공격적인 행동을 취한 것이라고는, 본거지에서 나온 무리가 근방을 지나치는 거룡방의 무리를 공격하기 전에 잠시 머물 장소를 제공해 준 것밖에 없었다.

마동찬은 바로 그때 구함을 받고 이곳 려강에서 치료를 받은 다음 입당을 하게 된 것이다.

즉, 본거지의 무리는 자잘하게라도 반 거룡방의 활동을 지속해 왔으나, 려강의 무리는 자금을 마련하는 사업에만 몰두했다고 봐도 무방했다.

"달리 언급한 말씀은 없으셨소."

"허면 전권을 뇌 객주님에게 위임했기 때문에, 따로 개입하지 않으시겠다는 의도라고 볼 수가 있겠군요."

"그렇다고 할 수 있소."

"그럼, 이번 일은 우리 려강의 당원들이 새로이 나아갈 방향을 정하는 전환점이라고 해도 무리가 없겠군요."

"전환점이라면…… 우리가 달라져야 한다는 말이오?"

"그렇습니다."

"어떻게 말이오?"

"려강에 말 그대로의 거점을 만드는 것이지요."

"자세히 말을 해보시오."

"거룡방에 맞서기 위해서는 크게 두 가지를 갖추어야 합니다. 돈과 무력이지요. 하지만 그 두 가지를 얻기 위해서는 우선 기반을 튼실하게 다져야만 합니다. 자리 잡을 지역에 지속적이고, 확고한 영향력을 행사할 수 있어야 하지요. 그러나 우린 지금까지 신분을 감추고, 일개 장사치로 위장하여 돈을 버는 것밖에 하지 않았습니다. 설사 지금 당장 우리가 누구인지 밝히고, 당의 분타를 세운다고 하더라도 누구도 우리를 인정하지 않을 것입니다. 어제까지 객잔의 주인이고, 서점의 주인이고, 점소이였던 사람들이 무림인이라고 목소리를 높인다 한들, 크게 감흥이 일 리가 없겠지요. 겉으로야 그러지 않겠지만, 속으로는 코웃음을 치며 우습게 여길 것입니다. 그런 우리에게 같이 싸우고 싶다고 몸을 의탁하고자 하는 사람이 누가 있을 것이며, 우리에게 신변을 보호해 달라 요청하며 대금을 치룰 사람이 또 누가 있겠습니까. 또한 기존 사업조차 외면 받을 가능성도 있습니다."

뇌혁강은 심각한 표정으로 깊이 동감한다는 듯 고개를 끄덕였다.

평판이란 그런 것이었다.

그 사람이 어떤 사람이다, 라고 인식되어 버리는 것에 따라 무게감이 달라진다고나 할까.

무림인들이 별호를 얻고, 명성을 얻고자 하는 것도 같은 맥락이었다. 무림초출이 이름난 고수와 싸우고자 하는 것도, 이름난 고수들이 많은 신진 고수들의 도전을 받는 것도, 이름을 얻은 고수들이 이름이 없는 이들과 싸우기를 꺼려하는 것도 다 그만한 이유가 있는 것이다.

저 사람은 고수다, 하면 보는 시선과 대우가 달라져 버리니까.

그 전까지는 강하겠지, 정도로 인식되었던 무림인들이 천하오십삼 명의 고수로 칭해지면서 한 지역을 제패한 중소문파보다 더 대단하게 여겨지는 것도 그 때문이었다.

"이번을 기회로 삼아야만 합니다. 부 부인을 도와 패왕보를 격퇴해 힘을 과시하고, 이후 진가장의 자금 지원을 받아 활발하게 활동을 하게 된다면, 반룡복고당에게 진정 필요한 거점으로서 새로이 거듭나게 될 것입니다. 특히 패왕보는 자처하여 거룡방에 충성을 맹세한 곳이니, 우리에게 확실한 명분을 줄 수 있는 곳이라 할 수 있습니다."

"……."

"허나, 이는 제 생각일 뿐이니, 무엇보다 뇌 객주님의 결단이 있어야 하겠지요."

뇌혁강의 얼굴은 더욱 심각해졌다.

그가 지고 있던 책임이 원래부터 작지 않았지만, 강학청의 말을 듣고 보니 숨이 가빠올 만큼 크고, 무거웠던 것이다.

무엇보다 그 자신도 최근 변화가 필요한 게 아닌가, 하는 생각을 했었기 때문에 그냥 흘려들을 수가 없었다.

지난번 강학청이 진이청에게 대가를 치르게 해야 한다고 주장했을 때, 위험을 자초해선 안 된다는 마동찬의 말에 힘을 실어주었던 것은 확신이 없었기 때문이었다.

이대로 존재감을 드러냈을 때, 거룡방과 그에 협력하는 문파들의 공세를 감당할 수 있을까, 하는 확신 말이다.

그러나 점점 무림인의 색을 잃어가고, 거룡방에 대한 복수심으로 입당했던 마음이 퇴색되어가는 것에 지쳐가고 있는 것도 사실이었다.

그의 지금 심정은…….

'싸우고 싶다.'

싸우지 않으면 무림인이 아니고, 싸우지 않으면 복수도 할 수 없는 게 아닌가.

그는 객잔의 주인이 아닌, 무림인으로서 해야 할 일을 하고 싶은 것이다.

"강 점주."

"예."

"아마도 강 점주에게는 나름의 복안이 있으리라 짐작이 되오. 하지만 그 전에 려강으로 오고 있다는 패왕보의 무리를 해결하는 게 급하지 않겠소. 혹, 계책은 있소?"

"부 부인이 전해 주었다고 하는 정보를 말해 주십시오."

뇌혁강은 부용설에게 들었던 패왕보 무리의 숫자에서부터, 실력, 이동속도 등등에 대해서 설명했다.

그리고 강학청은 미리 견일을 통해서 들은 정보를 토대로 구상하고 있던 계책을 꺼내 놓았다.

"우리는 그들에 비해서 수적으로 부족합니다. 또한 최소한의 희생으로 전력을 보존해야 하지 않겠습니까. 그러니 우리가 취할 방법은 선공, 그것도 그들이 려강에 도착하기 전에 중간에서 매복하다가 기습을 해야만 합니다."

"기습이라……."

듣고 보니 지금으로선 그 방법이 가장 최선일 것 같았다.

무엇보다 실전을 거의 겪어보지 못한 젊은 사람들이 많은 만큼, 실력만큼이나 경험이 많이 필요한 정면승부를 감행하기에는 여러 가지로 문제가 있을 게 분명했다.

"제가 그들의 이동속도를 감안해 우리가 매복하기에 가장 좋은 위치를 찾아놓겠습니다."

"알겠소. 그럼, 난 지금 당원들을 모두 불러 모으도록 하겠소."

뇌혁강은 의지를 굳힌 얼굴로 서점을 떠났고, 강학청은 이 사실을 전하기 위해 서점 문을 완전히 닫아걸고 반악이 있는 객잔으로 향했다.

*   *   *

훈련을 핑계로 삼아 지왕대를 이끌고 패왕보를 떠난 간습은 처음엔 속보로 이동하다가, 곧 달리라는 명을 내려 이동속도를 빠르게 했다.

"소보주, 이쪽은 려강으로 향하는 길이 아닙니까."

지왕대 부대주는 간습의 옆으로 다가와 의문을 표했다.

간습은 생각보다 눈치가 빠르다는 생각을 하며 맞다고 대답했다.

부대주는 본격적으로 의문을 드러내며 물었다.

"훈련을 하는데 왜 려강으로 가는 겁니까?"

"지왕대의 훈련은 정해진 장소에서만 하나?"

"그건 아닙니다만, 려강 근방에서 했다가는 그쪽 포쾌나 관병들이 좋게 보지 않을 텐데요."

"걱정 마. 우리에겐 진가장의 장주대리가 함께 있으니, 그들이 방해를 하면 알아서 처리해 줄 거야."

간습은 자신들이 정확히 진가장으로 가는 것이고, 그곳에서 무력시위를 하며 목허창을 정식 장주로 앉히려 한다는 걸 지금 당장 이야기해 줄 생각이 없었다.

미리 이야기를 했다가는 바로 반발을 하고, 장원으로 돌아가려 할지도 모르기 때문이었다.

물론, 그가 강압적으로 밀어붙인다면 부대주가 거부할 수는 없겠지만, 혹시 나타날지도 모를 정체모를 적들과의 싸움을 감안하면 그런 식으로 무사들의 사기를 저하시킬 필요는 없는 것이다.

허나, 부대주의 입장에서는 그들의 뒤쪽에서 마차를 타고 따르고 있는 목허창의 존재 역시도 이해할 수 없기는 마찬가지였다.

'훈련을 하는데 저자가 왜 따라 오냔 말이야. 그리고 진가장의 장주대리란 사람이 장원에 있지 않고 여긴 왜 왔어? 그렇게 할 일이 없나?'

"소보주님, 저자는 왜 우리와 함께 가는 겁니까?"

"방금 내 말 못 들었어? 우리의 훈련을 도와주려고 하는 거라고."

"하지만 굳이……."

목허창까지 대동하고 려강으로 가서 훈련을 할 필요가 있느냐고, 예전 보주가 려강에서 함부로 행동하지 말라고 당부까지 했었는데 그 당부를 무시하고 꼭 려강으로 갈 필요가 있느냐고 물으려 했다.

하지만 간습은 날카로운 눈빛과 노한 음성으로 그의 말문을 막았다.

"부대주, 지금 날 무시하는 거냐? 내가 소보주일 뿐이니 명령을 듣지 않겠다는 거야?"

"아닙니다. 소인이 어찌 소보주님의 명령을 거부할 수 있겠습니까."

"그럼, 조용히 입 다물고 따라와."

부대주는 여전히 의문이 풀리지 않았기에 불만스러웠지만, 더 말을 했다가는 나중에 보복을 당할지도 모른다는 걱정 때문에 묵묵히 따를 수밖에 없었다.

하지만 얼마 있지 않아서 그는 어쩔 수 없이 입을 열어야만 하는 상황에 봉착하고 말았다.

"적이다!"

부대주는 갑자기 좌우에서 튀어나오는 무리를 발견하자마자 크게 소리쳤다.

그들이 적대적인 무리라는 증거는 손에 쥔 무기와 긴장감 가득한 표정, 그리고 모두 죽이라는 함성만으로도 충분했기에 그는 망설임 없이 칼을 빼들고 대응할 자세를 취했다.

하지만 몰려드는 적들을 바라보며 그의 머릿속에는 한 가지 의문이 떠올랐다.

'웬 놈들이지?'

척 봐도 강도들은 아니었다.

달려오는 움직임이 어중이떠중이가 아니라, 제대로 무공을 수련한 자들이었으니까.

그렇다고 근방에서 패왕보를 공격할 만한 무림세력이 있다는 말은 들어본 적이 없었다.

만약 약간이라도 의심스런 세력이 있다고 한다면, 지왕대 부대주인 그가 모른다는 것 자체가 심각한 문제였다.

그때 간습의 작은 중얼거림이 그의 귀에 들어왔다.

"매복을 하고 있었다니, 비겁한 새끼들."

적들에 대해서 뭔가 알고 있다는 듯한 말투였다.

아니, 분노한 얼굴로 적들을 노려보는 걸 보면 확실히 알고 있는 게 분명한 듯했다.

하지만 그는 자신의 생각이 맞는지 여부를 따질 수가 없었다. 적들은 어느새 바로 코앞에까지 몰려와 있었으니까.

"으악!"

비명소리는 뒤쪽에서부터 시작되었다.

하지만 수하들의 비명소리가 아니라, 마차에 타고 있던 목허창이 겁에 질려 내지른 소리였다.

"부대주, 몇 명을 데리고 가서 장주대리를 지켜라! 그가 죽어서는 절대 안 된다!"

부대주는 간습의 명령에 인상을 찡그렸다.

'젠장, 역시 려강으로 가는 건 훈련 때문이 아니었구나!'

정확한 내막이야 알 수 없지만, 진가장이 관련되어 있고, 목 허창이 관련되어 있고, 그리고 이 정체모를 적들도 관련되어 있는 것이리라.

하지만 짜증나고, 분노가 치밀어도 소보주의 명령을 무시할 수는 없는 일.

부대주는 수하 몇 명과 함께 뒤쪽으로 달려갔다.

'빌어먹을!'

캉—

부대주가 뒤로 달려가는 걸 확인한 간습은 욕을 내뱉으며 적이 휘두른 칼을 막았다.

그리고 칼을 밀어내고, 적의 복부를 발로 걷어차며 소리쳤 다.

"우두머리가 어떤 새끼야!"

그의 쩌렁한 고함소리에 반응한 것은 좌우에서 떨어지는 두 개의 커다란 도끼였다.

간습은 재빨리 몸을 뒤틀어 도끼를 피했다. 하지만 그것으로 공격이 끝나지 않고, 머리털 하나 없는 두 개의 머리가 그의 양어깨를 향해 짓쳐들어왔다.

그는 재빨리 양 팔꿈치를 좌우로 내밀어 머리를 막았다.

뻐벅!

"큭!"

따로 단련을 하지 않는다고 해도 단단하기 그지없다는 팔꿈

치로 막았건만, 양팔이 찌르르하게 울릴 정도로 강한 충격이
전해져 왔다.

"이런 개자……!"

간습은 소리치다 말고 급히 몸을 뒤로 뺐다.

훙—

커다란 도끼가 간발의 차이로 코앞을 스치고 아래로 떨어졌
다.

어느새 그의 정면에 나타난 중년의 대머리사내가 휘두른 것
이었으니, 만약 조금만 반응이 늦었다면 그의 머리는 두 쪽으
로 갈라지고 말았을 터였다.

'어라, 대머리? 도끼?'

딱 두 가지의 조합이었지만, 하나의 이름이 간습의 머릿속
을 스치고 지나갔다.

'흑우동(黑牛洞)!'

안휘 서남쪽 악서(岳西)에 있던 사파문의 이름이었다.

도끼를 주무기로 사용하고, 공통적으로 철두공을 익히기 때
문에 그곳의 제자들은 결국 모두 대머리가 되고 마는 독특한
특징을 가진 문파였다.

하지만 간습이 놀라는 이유는 따로 있었으니, 그 문파가 이
미 오래전에 거룡방에 의해 멸문한 곳이란 점이었다.

'이 세 놈은 흑우동의 생존자들이구나. 하지만 이들이
왜……?'

의문은 길지 않았다.

곧바로 반룡복고당이 떠올랐기 때문이다.

'그렇다면 진가장이 반룡복고당과 손을 잡았단 말인가?'

왜 하필 반룡복고당과 손을 잡았는지는 의문이었지만, 그러지 말란 법도 없지 않은가.

간습을 버럭 소리쳤다.

"네놈들은 반룡복고당 놈들이구나!"

*   *   *

육 주인, 아니 흑우동 동주의 셋째 제자였던 육중포는 간습의 고함에 이를 드러내며 웃었다.

"맞다. 우린 반룡복고당의 당원들이다."

동시에 도끼를 휘둘러 간습의 머리를 노렸다.

그의 두 조카들은 두 사람의 싸움이 방해받지 않도록 간습의 좌우에 있던 지왕무사들을 공격했다.

상대적으로 가볍고 강도가 약한 칼이 버티지 못할까 싶어서 옆으로 움직여 도끼를 피한 간습은 신경질적으로 소리쳤다.

"네놈들이 왜 우릴 공격하는 거냐!"

"그걸 몰라서 묻냐? 패왕보는 거룡방의 발바닥이나 핥는 새끼들이잖아!"

간습은 울컥했지만, 무엇보다 궁금증을 푸는 게 우선이라 분노를 억누르며 다시 물었다.

"그럼, 네놈들은 진가장과 아무 관계가 없다는 거냐?"

간습의 물음은 상대를 잘못 만난 것이었다.

내막이 무엇이던 상관없이 육중포는 싸울 수 있다는 것에 기뻐하며 나온 사람이었으니까.

"난 그딴 거 몰라!"

도끼가 묵직하고, 빠르게 좌우를 휘돌며 간습에게로 떨어졌다.

'무식한 새끼!'

간습은 무지막지하게 휘둘러져오는 도끼를 막지 않고 이리저리 몸을 움직여 피하기만 했다.

그 모습만 보자면 맞상대하기 겁내하는 것처럼 보였다.

하지만 그는 막지 못하는 게 아니었다. 주변을 돌아보느라 육중포에게만 집중할 수 없었던 것이다.

'밀리잖아.'

분명 지왕대가 수적으로 우위에 있었건만 전체적으로 방어 일변도였고, 길지 않은 시간 동안 죽고 다쳐서 쓰러진 이들이 어느새 열이 넘어가고 있었다.

즉, 적들은 기습을 통해 심리적 우위를 점했을 뿐만 아니라, 실력도 지왕대를 능가한다는 의미인 것이다.

'이대로는 안 되겠다.'

패색이 짙어 보인다는 것도 문제지만, 자신의 안위와 더불어 목허창의 목숨도 위험해질 수 있다는 게 더 문제였다.

자신은 당연히 살아야 하고, 목허창은 진가장을 집어삼키기 위해 반드시 필요한 사람이었으니까.

쩡—

간습은 공력을 일으켜 칼에 주입하고, 거칠 것 없이 내리찍어오던 도끼를 오른쪽으로 크게 쳐내고 뒤로 물러났다.

"어딜 도망치는 거냐!"

육중포는 노한 음성으로 소리치며 그를 쫓았다.

그러나 작심하고 몸을 빼는 간습의 걸음은 그가 쫓기 힘들 만큼 빨랐고, 치열하게 맞붙어 싸우는 사이사이로 파고들기에는 그의 신법이 그리 뛰어나다 할 수 없는 수준이었다.

육중포는 결국 쫓기를 포기하고 근방에서 싸우는 당원들을 돕기 위해 두 조카들과 함께 지왕무사들을 공격하기 시작했다.

'어디 있는 거야?'

육중포를 떼어내고 뒤쪽으로 이동한 간습은 목허창을 찾기 위해 주위를 두리번거렸다.

마차는 이미 박살이 난 상태라 다른 곳으로 피신한 듯한데, 그의 모습이 쉽게 눈에 들어오지 않는 것이다.

그래서 대신 부대주를 찾기 위해 시선을 날카롭게 번뜩였다. 나름 실력이 출중해 눈에 잘 뜨일 테니, 목허창보다 그를 찾는 게 더 쉬울 것이기 때문이다.

'저기 있군.'

부대주는 검을 쓰는 장년인의 공세를 힘겹게 막고 있었다. 지왕무사들도 장년인을 중심으로 자리를 잡은 이들의 저돌적인 공격을 막는데 급급해 보였다.

간습은 그곳을 향해 몸을 날렸다. 지나가면서 간간히 적의 공격을 막아내며 지왕무사들을 돕기도 했지만, 진정 돕기 위해서라기보다는 부대주가 있는 곳으로 가기 위해서 길을 열어 가는 과정일 뿐이었다.

'저기 있었구나!'

간습은 어느 정도 거리를 좁히고 나서야 목허창을 발견할 수 있었다.

그는 다른 곳에 있었던 게 아니라, 부대주의 뒤쪽에 납작 엎드려 얼굴을 감싸쥔 채 잔뜩 웅크리고 있었던 것이다.

'겁쟁이 새끼!'

어디로든 도망을 치던지 해야지, 도검이 난무하는 곳에서 저러고 있으면 어쩌란 말인가.

간습은 어이가 없었지만 그래도 죽지 않은 게 다행이라 생각하며 더욱 급하게 이동했다.

"소보주님!"

부대주는 간습이 자신들 쪽으로 오고 있는 걸 보고 반색했다. 상대가 너무 강해서 숨 돌릴 틈도 없었는데, 간습이 돕게 되면 지금의 열세를 단번에 반전시킬 수 있을 게 분명하기 때문이었다.

하지만 가까이 다가온 간습은 그의 기대를 완전히 깨 버렸다.

"부대주, 난 장주대리를 데리고 여길 벗어날 테니까 최대한 버티다가 알아서 후퇴하도록 해."

그리곤 오자마자 목허창의 뒷덜미를 잡아채 뒤쪽으로 달려가는 게 아닌가.

'이런 염병할!'

부대주는 욕지거리가 치밀어 올랐지만 밖으로 내뱉을 수 없었다. 간습을 돌아보느라 집중력이 잠시 흐트러진 틈으로 '뇌혁강의 검이 매섭게 파고들어오며 그의 왼쪽 어깨를 베고 지나갔기 때문이다.

'큭!'

부대주는 이를 악물어 고통을 참아내고, 급히 몸을 바로잡으며 재차 휘둘러져 오는 검을 쳐냈다.

그리고 어깨의 부상으로 더욱 힘겨워진 방어 일변도의 싸움을 다시 시작했다.

내심으로 간습을 저주하면서.

*　　　*　　　*

"비켜, 비켜!"

간습은 지왕무사들에게는 말로 비키게 하고, 적들에게는 칼을 휘둘러 비키게 했다.

하지만 방어하기에도 힘겨운 지왕무사들로서는 비키란다고 비킬 수 있는 상황이 아니었고, 승기를 잡은 적들 입장에서는 그 정도 위협에 순순히 물러날 이유가 없지 않은가.

그래서 싸움터를 벗어나기 위한 간습의 이동은 생각만큼 수월하지가 않았다.

게다가 자꾸만 주저앉으려 하는 목허창 때문에 재빠른 이동조차 힘들었다.

"젠장, 움직이란 말이오!"

간습은 바로 옆에서 도검이 난무하는 걸 보고 또다시 주저앉으려 하는 목허창을 힘껏 잡아당기며 고함을 질렀다.

"나, 나도 그러고 싶지만……."

목허창은 울먹이는 음성으로 말을 하다 말고 갑자기 몸을 웅크렸다.

바로 옆에서 칼과 검이 맞부딪치는 소리에 놀란 것이다.

'염병할!'

짜증이 머리꼭대기까지 차올랐다.

마음 같아선 그냥 내버려둔 채 떠나고 싶었다.

하지만 목허창이 없으면 진가장을 손에 넣을 수 없을 것이고, 이대로 빈손으로 돌아가게 되면 부친에게 허락도 없이 지왕대를 데리고 나간 것에 대해 어찌 설명한단 말인가.

간습은 목허창의 소매를 움켜잡고 거칠게 잡아끌며 버럭 소리쳤다.

"일어나!"

목허창은 거의 강제적으로 일어났다.

바로 그때, 검 하나가 간습의 옆에서 찔러 들어왔다.

챙!

간습은 급히 허리를 뒤로 젖히며 칼을 위로 휘둘러 검을 쳐냈다.

"이 새끼가!"

목허창 때문에 가뜩이나 짜증이 치솟아 있던 간습은 욕을 내뱉으며 그에게 검을 찌른 사내를 향해 맹렬한 기세로 칼을 내리쳤다.

쩡!

간습의 칼을 막아낸 사내, 금장거는 팔이 찌르르 하게 울릴 정도의 충격을 받았지만, 이를 악물고 참아내며 검을 사선으로 그어 내렸다.

슥—

간습의 얼굴이 악귀처럼 일그러졌다.

금장거의 검이 그의 가슴 앞섶을 미세하게 베고 지나가며 작은 생채기를 만들었기 때문이다. 재빨리 허리를 뒤틀어 피하지 않았다면 꽤 깊은 상처를 입고 말았을 것이다.

간습은 분노했다.

아니 광분했다.

한치 앞을 예측할 수 없는 싸움터였고, 그가 안이하게 대응했기 때문에 입은 생채기지만, 목허창으로 인한 짜증과 이렇게 기습을 당해 도망을 쳐야 한다는 상황, 계획이 완전히 어그러지고 말았다는 실망감이 맞물려 애써 외면하고 있던 분노가 폭발하고 만 것이다.

"감히 네깟 놈이 나에게 상처를 입혀!"

간습은 목허창의 소매를 놓고 금장거를 향해 칼을 마구 휘둘렀다.

채채채채챙—

틈을 비집고 들어가기 위해 광풍처럼 몰아치는 칼과 간신히 틈을 막아가는 검이 쉼 없이 맞부딪쳤다.

츠악!

"윽!"

결국 금장거는 허리를 살짝 베이고, 연이어 가슴을 걷어차이며 뒤로 나뒹굴었다.

"죽어!"

간습은 풀쩍 뛰어올라 금장거를 향해 칼을 내리찍었다.

하지만 그 순간 날카롭게 찔러 들어온 박도가 그의 칼을 쳐내고, 동시에 목을 노렸다.

간습은 급히 칼날의 면을 세워 박도를 막아냈지만, 그 충격에 밀려 뒤로 몇 걸음이나 물러났다.

"어떤 새끼야!"

간습은 재빨리 균형을 잡으며 그를 방해한 자를 노려보았다.

반악이었다.

하지만 반악은 간습의 시선과 외침에는 조금도 관심 없다는 듯이 주저앉아 있는 목허창에게 뛰어가 그를 번쩍 들어올려 어깨에 짊어졌다.

점혈을 당했는지 목허창은 나무토막처럼 꼼짝도 하지 않았다.

"그를 내놔!"

설마 다짜고짜 목허창을 채갈 것이라고는 생각도 못했던 간습은 크게 놀라 소리쳤다.

허나 달란다고 고이 내줄 반악이 아니었다.

"능력이 있으면 뺏어보든가."

그리고선 뒤로 더욱 물러나는 게 아닌가.

"쥐새끼 같은 새끼!"

간습은 욕을 내뱉으며 잡아먹을 것처럼 반악을 노려보았다.

하지만 그렇게 본다고 해서 목허창을 되찾을 수 있는 게 아니질 않은가.

'어떻게 하지?'

어느새 지왕무사들 절반이 죽거나 다쳐서 조금만 더 머뭇거리다가는 완전히 포위를 당해 빠져나가기도 쉽지 않을 것 같았다.

'다음을 기약하자.'

목허창을 절대 포기할 수 없다는 마음이긴 하지만, 그 자신의 목숨보다 소중할 수는 없는 법이었다.

간습은 팔을 잘라내는 심정으로 크게 소리쳤다.

"동성으로 물러난다! 모두 후퇴하라!"

하지만 열세에 놓였을 때는 물러나기도 쉽지 않았으니, 간습을 따라서 싸움터를 벗어난 지왕무사들은 열 명을 간신히 넘었을 뿐이었다.

그리고 대부분의 지왕무사들은 죽거나, 부대주처럼 부상을 입은 채 붙잡힌 신세가 되고 말았다.

"이겼다!"

젊은 당원들은 승리감으로 가득 찬 외침을 터트렸다.

분명 쉽지 않은 싸움이었고, 꽤 지쳐 있었지만 그들의 얼굴은 더할 수 없는 만족감과 기쁨의 감정으로 넘쳐났다.

뇌혁강을 비롯한 수뇌들도 그들과 크게 다르지 않은 표정이었다. 다친 사람은 있어도 죽은 사람이 아무도 없다는 점 때문이었다.

"모두들 정말 잘 싸워주었소!"

뇌혁강은 큰 소리로 당원들을 칭찬했다.

그러자 승리와 칭찬에 고무된 당원들은 당장 패왕보로 쳐들어가야 한다고 외치기 시작했다.

그때 마동찬이 좌중을 향해 손을 내저으며 말했다.

"모두 진정들 하시오. 지금은 기습의 이점을 살려 승리를 하긴 했으나, 당장 패왕보를 찾아가 싸우는 것은 섶을 지고 불길에 뛰어드는 것과 같소."

당원들은 그의 말이 옳다는 듯 무거운 표정으로 고개를 끄덕이며 패왕보로 가자는 말을 더 이상 하지 않았다.

하지만 뇌혁강은 마동찬의 의견에 동의하지 않는 모양이었다.

"마 관주의 말도 틀린 것은 아니나, 이대로 만족할 수는 없는 일이오. 그러니 지금의 힘찬 기세를 살려서 패왕보에게 일침을 가하도록 합시다."

당원들의 표정이 다시 밝아졌다.

그들 역시도 이대로 끝내기에는 여러 가지로 아쉬움이 컸던 것이다.

마동찬은 살짝 당황한 얼굴로 뇌혁강의 옆으로 다가갔다.

"뇌 객주님, 지금의 전력으로 패왕보를 치는 것은 무리입니다. 게다가 다친 사람도 있고, 모두가 지쳐 있는데 동성까지 가서 또 어찌 싸울 수 있단 말입니까. 조금 더 심사숙고해 주십시오."

하지만 이미 강학청의 계책을 수용하고, 기습의 승리로 보다 확신을 가지게 된 뇌혁강은 마동찬의 의견을 그대로 묵살해 버리며 당원들에게 소리쳤다.

"모두 날 따라서 패왕보로 갈 사람은 무기를 높이 들어보시오!"

누구 할 것 없이, 심지어 부상을 입어 서 있지도 못하는 당원들까지 무기를 높이 들어올렸다.

그리고 싸우자고, 싸울 수 있다고, 이길 수 있다고 소리쳤다.

마동찬은 당장 출발하자고 소리치는 당원들의 함성 속에서 반대 의견을 낼 수가 없었다. 그저 얼굴을 찡그리며 뒤쪽에서 묵담향과 함께 흡족한 표정으로 다가오고 있는 강학청을 노려볼 뿐이었다.

마치 그가 뇌혁강을 조종하고 있다는 걸 다 알고 있다는 듯이.

무리는 당장 치료가 필요할 만큼 큰 부상을 당한 몇 명의 당원들은 마차에 태워 려강으로 보내고, 포로로 잡은 지왕무사들을 끌고서 패왕보가 있는 동성으로 향했다.

*   *   *

서둘러 귀환을 해야 한다는 생각에 쉼 없이 걸음을 재촉해 패왕보에 도착한 간습은 막상 장원에 들어서고 나서는 깊은 고민에 빠져들었다.

'아버님에게 이 일을 어찌 보고해야 하지?'

목허창도 빼앗기고, 지왕대도 거의 괴멸에 가까운 피해를 입은 최악의 상황이 아니던가.

하지만 그의 고민은 길지 않았다.

그가 찾아갈 것도 없이 부친인 간금외가 그를 찾아왔으니까.

쾅!

"이놈, 도대체 무슨 짓을 한 것이냐!"

부숴 버릴 듯한 기세로 문을 차고 들어온 간금외는 노한 시선으로 간습을 노려보았다.

"훈련을 빌미로 지왕대를 이끌고 나갔다고 하더니, 절반 이상을 잃고 돌아와!"

진작 지왕대의 부재를 알아챘고, 그들이 입은 막대한 피해까지 확인하고 그를 찾아온 것이었다.

'눈치 빠른 늙은이.'

부친에 대해 공경하는 마음은 지난번의 일로 모두 날려 버린 상태였다.

그러니 죄송하다는 마음보다는, 어느새 알아채고 득달같이 달려와 호통부터 치냐는 반발심만 강하게 느낄 수밖에.

하지만 그러한 속내를 드러낼 수는 없는 일.

"죄송합니다, 아버님."

"네놈이 날 아비라고 생각하기는 하는 것이냐! 분명 신중에 신중을 다해 진행하라고 했는데, 도대체 지왕대를 끌고 나갈 일은 무엇이며, 저리 엉망으로 피해를 입은 상태로 돌아온 연유는 또 무엇이냐!"

"……."

간습은 대답하기를 망설였다.

모든 걸 사실대로 말을 해도 괜찮을지 확신이 없었던 것이다.

그러나 말을 하지 않을 도리가 없지 않은가.

저리 분노한 부친을 상대로 침묵할 수도 없고, 말을 지어낼 수도 없는 일이었으니까.

'그래, 반룡복고당을 걸고넘어지면……'

부친은 사안을 매우 심각하게 느끼게 될 테고, 그의 잘못은 어느 정도 덮어지게 될 것이었다.

"사실은……."

"보주님, 큰일 났습니다!"

간습이 말을 하려는 순간 한 명의 수하가 급히 문을 열고 들어왔다.

간금외는 마음이 편치 않은 상태라 매섭게 노려보며 호통을 쳤다.

"무슨 일인데 그리 호들갑이냐!"

수하는 그 시선과 호통에 움찔했다.

하지만 화급하게 보고를 해야 하기 때문에 얼른 말을 이었다.

"정체를 알 수 없는 무리가 장원으로 접근해 오고 있습니다."

"뭣이라!"

간금외는 뭔가 짐작이 되는 게 있었던지 고개를 숙이고 있는 간습을 쳐다보았다.

"네놈과 싸운 자들이더냐?"

간습 역시 수하의 보고를 듣는 순간 그리 예감을 하고 있었기에 머뭇거림 없이 고개를 끄덕였다.

"그런 것 같습니다."

"하!"

간금외는 참으로 황당하기 그지없다는 듯 탄성을 터트렸다.

하지만 간습도 부친과 다를 바 없는 심정이었다.

'숫자도 얼마 되지 않는 놈들이 여기까지 쫓아오다니. 그 한 번의 승리로 심장이 배 밖으로 튀어나왔구나.'

지왕대가 제대로 싸우지도 못하고 크게 당하기는 했으나, 그건 어디까지나 예상치 못한 기습으로 인해 기선을 제압당했기 때문이다.

당시 전력의 질적인 면에서도 그들이 약간의 우위를 점했을지는 모르지만, 패왕보의 앞마당까지 밀고 들어올 정도는 아닌 것이다.

"도대체 어떤 놈들인 게냐?"

"그들은 반룡복고당의 무리입니다."

"……!"

예상 못한 대답이었는지 간금외의 얼굴에 당혹감이 떠올랐다.

"확실한 것이냐?"

"놈들이 스스로 그리 주장하고 있으니, 의심할 이유가 없습니다."

"어쩌다 반룡복고당의 놈들과 싸우게 되었느냐?"

"진가장에 따로 암약하는 무리가 있음을 알고 목허창을 보호하기 위해 지왕대를 이끌고 갔던 것인데, 놈들이 갑자기 기습을 해왔습니다."

"기습을?"

"예, 아버님. 마치 제가 갈 것을 예상하고 있었던 것처럼 공격하기 좋은 지형에 숨어 있었습니다. 진가장의 누군가가 반룡복고당과 손을 잡은 게 분명합니다."

간금외는 잠시 고심하는 표정을 짓더니 간습에게 따라 나오라고 말했다.

"우선 놈들을 맞이해야겠다."

*　　　*　　　*

뇌혁강을 비롯한 반룡복고당의 무리는 패왕보의 장원을 십장 여 남겨두고 멈춰 섰다.

장원의 앞에는 거의 오십 명에 가까운 무사들이 자리를 잡고서 그들을 바라보고 있었다.

'너무 많다.'

뇌혁강은 내심 당혹감을 느꼈다.

강학청의 계책대로 패왕보까지 오긴 왔으나, 막상 자신들보다 두 배 가량 많은 적의 숫자를 보자 투지보다는 후회가 앞섰다.

뇌혁강은 강학청을 쳐다봤다.

대부분의 당원들이 그처럼 우려 섞인 시선으로 정면을 응시하는 것과 달리, 강학청의 표정은 담담하기만 했다.

그에겐 지금의 상황이 전혀 걱정되지 않는 것처럼 보였다.

'저리 당당한 모습을 보면 무슨 생각이 있는 것이겠지.'

뇌혁강은 강학청에게 눈짓을 보냈다.

이제 그에게 맡길 테니, 알아서 해보라는 신호였다.

강학청은 고개를 끄덕이며 앞으로 나섰다. 그리고 그가 낼 수 있는 가장 크고, 힘찬 목소리로 외쳤다.

"패왕보의 보주가 있다면 앞으로 나서시오!"

무사들 중앙에 있던 간금외가 앞으로 한 걸음 나섰다.

"내가 바로 패왕보 보주 간금외다! 날 부른 자는 이름을 밝혀라!"

"본인은 반룡복고당의 강학청이라 하오."

간금외의 표정이 무거워졌다.

간습에게서 이미 듣고 놀라기는 했지만, 직접 듣게 되니 그 느낌이 조금 더 직접적이라고나 할까.

게다가 몸을 감추고, 비밀스럽게 활동하던 자들이 이렇게 드러내놓고 나섰다는 게 영 꺼림칙하기만 했다. 그것도 자신들을 상대로 말이다.

"반룡복고당에 대해서는 많이 들어보았다. 헌데, 그대들은 무슨 이유로 나의 지왕무사들을 공격한 것이냐."

순간, 간습의 얼굴이 일그러졌다.

'나에 대해선 일언반구의 언급도 하지 않고…….'

지왕무사들에 대해서만 따지고 있는 부친이 원망스러웠다.

이제는 기대도 않고, 바람도 없다고 생각했지만 아직까지 미련이 조금 남아 있었던 모양이었다.

'하지만 이젠 티끌만큼도 마음을 두지 않겠다.'

간습은 있는지조차 의심스러운 부자간의 정을 완전히 끊고, 앞으로 혈연에 연연하지 않기로 작정했다.

간금외는 날카로운 눈빛으로 강학청을 노려보며 노골적으로 물음을 던졌다.

"그대들이 지왕무사들을 공격한 것은 우리 패왕보가 거룡방과 동맹관계이기 때문이냐."

"패왕보를 좋게 보지 않고 있다는 점에 대해서는 부정하지 않겠소. 하지만……."

"……."

"지금은 다른 이유 때문이오."

"그게 무슨 말이냐."

"우린 진가장의 안주인과 신변 보호에 대한 계약을 맺었소. 그리고 어떤 위험한 적을 앞에 두었다 하더라도 의뢰인의 안전을 보장해 주기로 약조하였소."

간습은 겉으로 내색하지는 않았지만, 그 말을 듣고 내심 크게 놀랐다.

'이 모든 게 그 여자의 소행이라고?'

신경 쓸 필요도 없는 여자라고 생각했는데, 반룡복고당과 손을 잡고 그의 계획을 망친 장본인이 부용설이라고 하니 어찌 놀라지 않을 수 있겠는가.

하지만 간금외는 별로 놀랍지도 않다는 듯 담담히 되물었다.

"그런데?"

"우린 한시적으로 장주대리를 맡고 있던 목허창이 욕심을 품고서 우리의 의뢰인을 해하려는 움직임을 포착했고, 그 배경에는 패왕보가 개입되어 있음을 알게 되었소. 그리고 보의 무사들이 려강으로 오고 있다는 정보를 입수하고, 의뢰인에게 피해가 가지 않도록 사전에 위협을 막고자 지왕무사들을 기다렸다가 공격한 것이오."

간금외는 내심 찔리는 구석이 있었으나, 코웃음을 치며 반박했다.

"어떤 증거로 패왕보가 그 목허창을 뒤에서 조종했다고 하는 것이냐. 나의 지왕무사들이 훈련을 위해 려강 근방에 있었을 뿐이라고 한다면, 그대들은 잘못된 오해로 내 수하들을 핍박한 것이 아니냐."

"간 보주께선 지금 사실을 부정하고자 하시는 게요?"

"그대들이야말로 억지 부리지 말라. 패왕보와 싸우고 싶다면 쓸데없이 잔꾀를 부리지 말고 당당히 싸움을 청해야 할 것이다."

"그렇게 아니라 주장을 하신다고 한다면, 증인의 말을 직접 듣게 해드리지요."

강학청은 뒤로 손짓을 했고, 금장거가 목허창을 잡아끌고 앞으로 나왔다.

"이 사람이 바로 우리 의뢰인의 외숙부이고, 현재 진가장의 장주대리를 맡고 있는 목허창이란 사람이오. 아까 전 귀 문파의 소보주와 함께 사특한 마음을 품고 려강으로 오다가 우리에게 붙잡혔고, 모든 사실을 실토하였소."

간금외의 얼굴이 굳어졌다.

그리고 강학청의 눈짓을 받은 목허창이 입을 열기 시작하자 더욱 딱딱하게 굳어졌다.

"난 아무런 욕심이 없었소. 하지만 패왕보가 내게 장주가 될 수 있게 해주겠다며 날 협박하고, 억지로 앞장서게 만들었소이다. 내게 독을 건네어 조카를 독살케 하고, 내 누이를 의식불명으로 만들라 한 것도 패왕보의 명을 따른 것뿐이오. 지난번 내 질부를 농락한 것도 내 의지가 아니라 저기 서 있는 소보주가 시켜서 한 것이오. 게다가 난 술김에 등 떠밀려서 한 것이지만, 소보주는 고의로 질부의 호위무사를 다치게 하고, 질부를 음험한 말로 협박하였소. 내가 다 들었소이다."

그리고 이번에 지왕무사들과 함께 려강으로 가게 된 것도 자신은 싫었지만 소보주가 억지로 앞장세웠다고, 무력을 쓰지 않으면 안 된다는 말로 그를 압박하며 강요했기 때문이라고 말했다.

그 자신의 욕심과 천인공노할 행위는 진심이 아니었고, 너무 무서워서 시키는 대로 했을 뿐이라며, 모든 잘못을 패왕보와 소보주에게 덮어씌워 버리고 있는 것이다.

듣다 못한 간습이 버럭 노성을 터트렸다.

"목허창! 어디서 거짓을 꾸며 나와 패왕보를 매도하는 것이냐!"

그의 얼굴만 보자면 너무도 억울하여 목허창의 목을 부러트리고, 몸을 찢어발기기라도 하겠다는 듯 커다란 살기와 분노로 가득했다.

그는 부친의 옆으로 걸어 나오며 열변을 토했다.

"네놈이 누군지도 모를 사람에게 협박을 받아 장원에서 도망쳐 나왔고, 그래서 혼자서 장원으로 돌아가기 두려우니 내게 호위를 서달라고 도움을 청한 것이 아니냐! 난 그래도 작은 인연이라도 있는 걸 외면할 수 없어, 부친의 허락도 받지 않고 지왕무사들을 이끌고 나와서 네놈을 호위해 주었던 것인데, 은혜도 모른 채 거짓을 꾸며 패왕보와 나를 매도하다니!"

그의 말은 제법 그럴듯했다.

은근히 패왕보 전체를 끌어들여 무게감을 주겠다는 의도도 나쁘지 않았다.

하지만 이야기의 전후 설명이나, 자세함과 개연성을 따져보자면 목허창의 말에 비할 바가 아니었기에 누구도 간습의 말을 믿는 사람이 없었다.

간습의 성정을 잘 알고 있는 패왕보의 무사들은 충분히 그럴 수 있다는 생각까지 하고 있었다.

그리고 간금외의 경우에는 대략적인 내막을 알고 있었기에, 객관적으로 따져서 간습이 무슨 말을 하더라도 설득력을 가질 수 없다 판단했다.

오히려 그런 변명을 늘어놓는 바람에 뭔가 찔리는 게 있다는 의구심만 더욱 증폭시킬 뿐이라 생각한 것이다.

간금외는 낮고 무거운 음성으로 말했다.

"입을 다물고 물러나 있어라."

"하지만 아버님……."

"어허, 입을 다물라 하지 않았느냐."

간습은 어쩔 수 없이 뒤로 물러날 수밖에 없었다.

하지만 보이지 않게 고개를 숙인 그의 얼굴은 잔뜩 일그러져 있었다.

'빌어먹을, 이러다간 버려질 수도 있겠다.'

자신에 대한 믿음이 없더라도 문파의 자존심과 이득을 위해서는 억지스럽게라도 그의 편을 들어주어야 하는 게 이치가 아닌가.

헌데, 오히려 입을 막게 하다니.

'불안해.'

토사구팽이라 했다.

날쌘 토끼가 죽어 쓸모없게 된 사냥개가 결국 삶아 먹힌다는 뜻이니, 진가장을 집어 삼킬 수 있다 할 때는 잘 진행하라며 등을 떠밀다가 일이 잘 안 풀리게 되니까 자신과 상관이 없는 일이라는 듯 모른 척할 분위기가 아닌가.

특히 입을 다물라면서 쳐다보던 부친의 차가운 눈빛이 그를 불안하게 했다.

간습은 뭔가 행동해야 할 필요성을 강하게 느끼고 깊이 고심하기 시작했다.

간금외는 더 이상 진실을 외면할 수 없게 되었다는 듯 살짝 체념한 표정으로 물었다.

"그래서 그대들이 원하는 게 무엇이냐."

강학청은 예상대로의 반응이 나온 것에 내심 기뻐하며 말했다.

"상황을 보아하니 목허창을 뒤에서 조종한 것은 패왕보 전체의 의지가 아니라, 소보주 개인의 공명심에서 비롯된 게 아닌가 하는 생각이 드오. 내 말이 맞소이까?"

간금외의 눈동자가 이채를 띠었다.

강학청의 말 속에 협상의 여지가 숨겨져 있음을 간파했던 것이다.

'저들도 우리와 전면전을 바라지 않는군.'

사실 간금외가 강학청의 노골적인 도발과 강압적인 태도에 분노하면서도 곧바로 싸움을 선택하지 않고 있는 것은, 크게 두 가지 점에 있어서 이롭지 못한 싸움이란 판단을 내렸기 때문이다.

우선 첫째로 양측 간의 전력 차가 크지 않았다.

적들은 이미 한 차례의 싸움을 치러서 지쳐 있고, 숫자도 이십 명 정도에 불과하여 자신들의 절반 수준이기는 했지만 상대적으로 기세가 올랐고, 무사들 개개인의 실력도 더 뛰어나다는 이점을 가지고 있었다.

게다가 자신들 쪽은 주축이라 할 수 있는 지왕대가 열 명 정도밖에 남지 않은 상황이 아닌가.

'그들을 팔공산에 보내지만 않았다면……'

지왕대 대주와 천왕대 대주, 그리고 천왕무사들의 공백이 너무 컸다.

만약 그들만 남아 있었다면 충분히 승산이 있었겠지만, 아쉽게도 현실은 그러하지 못했다.

둘째로 가까스로 승리를 한다고 해도 실질적인 이득이 없었다.

　저들은 척 봐도 반룡복고당의 주축으로 보이지 않았다. 그러니 저들을 괴멸시킨다고 끝나는 게 아니라, 오히려 남은 반룡복고당의 주력이 그들을 우선적인 공격 목표로 삼을 가능성이 있었다.

　물론, 거룡방과의 동맹 관계를 생각하면 그들에게 좋은 인식을 심어줄 수 있다는 장점은 있었다.

　하지만 싸움을 통해 전력이 약화되고, 주변의 영향력 감소, 다시 무사들을 키우고, 모집하는 등의 시간적, 금전적 낭비를 생각하면 장점이랄 수도 없는 것이었다.

　'그래. 저들이 싸우지 않겠다고 하는데, 굳이 거절할 이유는 없지.'

　간금외는 지금은 일단 좋게 해결하고, 훗날 지금의 빚을 몇 배로 되갚아주자는 결심을 굳혔다.

　"그대의 말대로요. 첫째가 젊은 혈기로 인한 공명심이 생겨 괜한 일을 벌인 모양이오."

　부드럽게 풀어보자는 생각이기에 간금외의 말투 또한 정중하게 바뀌었다.

　강학청은 그럼 그렇지, 하는 표정으로 고개를 주억거렸다.

　"역시 그럴 줄 알았소. 허면, 서로 간에 괜한 싸움을 벌이지 말고 적당한 선에서 해결을 하도록 합시다."

"어떻게 말이오?"

"보다시피 우리는 다행이 죽지 않고 부상만 입은 귀 문파의 지왕무사들을 몇 명 데리고 있소. 그들 한 명당 은 오십 냥과 교환을 하고, 앞으로 패왕보는 진가장을 넘보지 않음은 물론 려강에 발도 들이지 않겠다는 각서를 쓰는 것이오. 그리고……."

"그리고?"

"소보주가 지금 이 자리에서 우리에게 사과를 하고, 또한 직접 진가장으로 찾아가서 우리의 의뢰인인 부 부인에게 무릎을 꿇고 정중히 사과를 해야만 하오."

그 말에 가장 놀란 것은 역시 당사자인 간습이었다.

'계집년에게 무릎을 꿇고 사과를 하라고?'

말도 되지 않는 일이었다.

어찌 여자 따위에게 무릎을 꿇고 사과를 한단 말인가.

또한 이 자리에서 저들에게 사과를 하는 것도 문제가 있었다.

'난 잘못이 없다. 설사 있다 해도 수하들 앞에서 굴욕적인 모습을 보일 수는 없다.'

무엇보다 훗날 보주가 될 사람은 함부로 사과를 해선 안 된다고 생각했다.

사과를 하게 되면 그 굴욕적인 상황이 영원히 기억될 것이고, 그가 바라고 원하는 위엄이 넘치고 강력한 통솔력을 갖춘 보주가 될 수 없을 테니까.

하지만 문제는 부친이 그 제안에 흥미를 보인다는 표정을 짓고 있다는 점이었다.

간금외는 강학청에게 말했다.

"잠시 가까이서 이야기합시다."

문파의 위신과 연결된 민감한 사안이니 수하들까지 들어서 좋을 것은 없기 때문이었다.

원래는 협상의 내용도 조용히 따로 이야기를 했어야 하는 것인데, 이미 공개적으로 나와 버렸으니 어쩔 수 없는 일이 아닌가.

"정확히 가운데 위치에서 보도록 합시다. 뇌 객주님, 같이 가시죠."

강학청은 불안 불안한 마음을 감추려고 애쓰면서 조용히 지켜보고 있던 뇌혁강을 돌아보며 말했다.

뇌혁강은 혹시 모를 사태에 대비하여 모두에게 긴장감을 가지고 지켜보고 있으라 지시를 한 뒤 강학청과 함께 중앙으로 걸어 나갔다.

간금외는 혼자 나가려고 했지만, 간습이 집요하게 같이 나가겠다고 해서 할 수 없이 그와 함께 나갔다.

*   *   *

네 사람이 중앙에 마주하고 섰다.

강학청이 먼저 입을 열었다.

"간 보주, 어찌 하시겠소이까?"

"그대들의 요구가 무리한 요구임을 알고 있을 거요."

물론, 강학청도 알고 있었다.

이곳은 패왕보의 앞마당인데다, 누가 보아도 패왕보의 전력이 우세한 상황이었으니까.

허나 그는 간금외가 자신의 제안을 받아들일 것임을 확신하고 있었다.

간금외는 말했다.

"그럼에도 불구하고 난 그대들의 요구를 받아들이고자 하오."

"아버님!"

간습이 그래서는 안 된다는 듯 소리쳤다.

하지만 간금외는 그를 사납게 노려보며 나서지 말라고 엄중하게 경고하고, 강학청에게 말했다.

"대신 내가 그대들의 요구를 받아들이는 것을 비밀로 하시오. 나 역시 수하들에게 함구령을 내릴 것이지만, 그쪽도 절대이 일이 새어나가는 상황이 발생하지 않도록 해야 하오."

만약 이 협상 내용이 외부에 알려지게 되면 패왕보의 위신이 바닥으로 떨어지는 것은 물론, 거룡방이 크게 반발할 게 분명했다.

그렇게 되면 과장이 아니라 진정 존폐의 위기까지 몰릴 수 있었다. 복종을 선택한 다른 문파에까지 영향이 미치는 걸 감안한 거룡방이 패왕보를 멸문시켜 일벌백계의 교훈을 삼고자 할 테니까.

즉, 비밀엄수가 되지 않는다면 강학청의 제안을 절대 수용해서는 안 되는 것이다.

간금외는 무거운 낯빛으로 물었다.

"어찌 하겠소?"

강학청은 뇌혁강을 쳐다봤다.

이제까지의 상황은 그가 구상한 것이지만, 결정은 뇌혁강의 몫이기 때문이었다.

'비밀로 한다라……'

뇌혁강은 잠시 고민했다.

여기까지 온 것은 패왕보에 타격을 주고 자신들의 존재를 크게 부각시키기 위해서인데, 비밀로 하게 된다면 이렇게 무리를 하면서까지 온 의미가 없어지는 게 아닌가.

'하지만……'

이제 시작일 뿐이었다.

오늘을 기점으로 해서 려강에 모습을 드러내 존재감을 부각시키면 되는 것이다.

무엇보다 간과할 수 없는 점은, 저들을 상대로 지금 싸운다고 해도 이길 수가 없을 것 같다는 불안감이었다.

그러니 강학청의 제안대로 협상을 이끌어내 마무리 짓는 것만으로도 승리한 것이나 다름없다 봐야 하지 않겠는가.

"좋소. 이 협의 내용을 비밀로 하겠소."

뇌혁강까지 동의하자 강학청은 간금외에게 문서를 작성해 마무리를 짓자고 말했다.

간금외 역시 이에 찬성했고, 강학청은 미리 준비한 종이와 붓, 먹물을 담은 통을 품에서 꺼내들었다.

하지만 모든 게 일사천리로 진행될 것 같은 분위기 속에서 한 사람, 간습만은 이 상황을 그대로 받아들일 수가 없었다.

'이대로 진행되게 놔둘 줄 아냐.'

그는 아무도 모르게 검지 손가락 크기의 작은 통을 손에 쥐고 뚜껑을 열었다.

그리고 그 안에서 손가락 두 마디 길이의 바늘을 조심스럽게 빼들었다. 그 끝에 치명적인 극독이 묻어 있는 바늘이었다. 더구나 마비효과까지 있어 찔려도 찔린 줄 모를 것이었다.

간습은 부친의 옆으로 바짝 붙어 그의 왼쪽 어깨를 손으로 잡으며 말했다.

"아버님, 잠시만 기다려 주십시오. 절대 간과할 수 없는 중요한 사안이 있습니다."

"중요한 사안?"

"잠시 귀 좀……."

간습은 매우 중요한 이야기라는 듯 부친이 자신 쪽으로 머리를 기울이게 만들었고, 그의 귀에 입을 바짝 대고 아주 조용히 말했다.

"저는……."

"……?"

간습은 고의로 말을 멈추고 부친의 얼굴을 살폈다.

'아버님의 공력을 감안한다고 해도 징조가 나타날 때가 되었는데…….'

바로 그때 간금외의 신형이 살짝 흔들렸다.

게다가 얼굴이 급속도로 창백해지고, 숨이 거칠어지고 있었다. 하지만 그 자신은 자신에게 무슨 일이 일어나고 있는지 모르는 표정이었다.

그럴 수밖에 없었다. 독에 중독되면 감각도 무뎌지게 되어 있으니까.

'됐다.'

간습은 왜 말을 하지 않는 거냐, 하는 표정으로 쳐다보는 부친에게 둘만 들을 수 있게 작은 목소리로 말했다.

"전 저자들에게 사과할 생각이 절대 없습니다."

"뭐?"

순간 그게 무슨 소리냐, 하는 표정을 짓던 간금외의 얼굴이 분노로 일그러졌다.

그러나 그는 노한 음성을 토할 틈도 없이 의지와는 상관없이 풀썩 주저앉고 말았다.

"……?"

간금외는 왜 주저앉았는지 자신도 알지 못하고 있었기에 어리둥절한 표정을 지었다.

그러나 입가를 타고 핏물이 흘러나오는 걸 손으로 닦으며 깨달았다.

'중독?'

울컥.

간금외는 가슴이 울렁거리는 기분을 느끼는 것과 동시에 격한 기침과 함께 거무죽죽한 핏물을 한 가득 쏟아냈다.

"아버님!"

간습은 깜짝 놀란 표정을 지으며 바닥으로 쓰러지는 부친을 재빨리 붙잡았다.

'이 녀석 짓이구나!'

간습은 당황하고 놀란 표정을 짓고 있었지만, 간금외는 그 모습을 통해 간습이 자신을 중독시킨 장본인임을 깨달았다.

그가 알고 있는 간습은 이처럼 감정적이지가 않았으니까.

"네, 네놈이⋯⋯!"

간습은 드러나지 않게 공력을 응집시킨 손으로 간금외의 가슴을 짓눌렀다.

말을 하지 못하도록 압박을 가하는 것이다. 하지만 모양새만 보자면 고통스러워하는 부친을 염려해 어루만지는 듯한 손짓으로밖에 보이지 않았다.

결국 끝까지 아무 말도 하지 못한 간금외의 눈동자가 뒤집

어지며 흰자위를 보였고, 그의 입에서는 핏물과 하얀 거품이
물컹거리며 흘러나왔다.

더 이상 말을 하고 어쩌고 할 상태가 아닌 것이다. 그는 죽
기 바로 직전에 이르러 있었으니까.

간습은 고개를 들고 당혹스러워하는 강학청과 뇌혁강을 노
려보며 크게 소리쳤다.

"네놈들이 감히 아버님을 중독시키다니!"

"······!"

강학청과 뇌혁강의 얼굴이 당혹감으로 인해 굳어졌다.

그들도 간금외가 갑자기 쓰러지고 핏물을 뿜어내며 실신을
해서 당황하고 있는데, 그 책임을 자신들에게 묻고 있으니 어
찌 당황하지 않을 수 있겠는가.

강학청은 얼른 부정했다.

"우리가 한 게 아니오!"

하지만 작심을 하고 부친까지 독살한 간습이 그 말을 순순
히 받아들일 리가 없었다.

"개소리 마라! 제안을 거절하겠다고 하시니 더러운 수작을
부린 게 아니냐!"

"······!"

강학청은 깨달았다.

간금외를 독살시킨 게 다름 아닌 간습이란 것을.

하지만 지금 상황에서 그가 범인이라고 주장한다고 해서 패

왕보의 무리가 믿어줄 리 없었다.

"절대 이 원한을 잊지 않을 것이다!"

강학청 등에게 원독어린 말을 내뱉은 간습은 부친을 안아들고 어리둥절해하고 있는 수하들 쪽으로 달려가며 크게 소리쳤다.

"저놈들이 보주님에게 독을 썼다! 보주님이 제안을 거부해서 독을 쓴 거다! 모두 무기를 빼들고 싸울 준비를 하라!"

패왕보의 무사들도 처음엔 웅성거리며 어찌할 바를 몰라 했다.

하지만 입에서 피거품을 철철 흘리는 간금외의 상태를 보자, 너도나도 할 것이 없이 무기를 빼들고 욕을 하며 험악한 기세를 발산했다.

누군가 공격하라고 외치기만 하면 그대로 뛰쳐나갈 분위기로 돌변한 것이다.

'하하하, 됐다! 이제 내가 보주다!'

어느새 숨이 끊긴 부친을 뒤쪽에 있는 수하에게 맡기고 다시 앞으로 나온 간습은 내심 득의어린 웃음을 지었다.

'이제 저놈들만 깡그리 죽여 버리면……'

모든 게 마무리 되는 것이다.

간습은 숨을 깊이 들이마시고 크게 소리칠 준비를 마쳤다.

그리고 모두 공격하라고 외치려는 찰나, 갑자기 오른쪽 저 멀리서 일단의 말무리가 먼지를 잔뜩 일으키며 달려오고 있는 게 아닌가.

'웬 놈들이지?'

간습은 입을 다물고 말무리를 주시했다.

혹시 적들을 돕기 위해 온 조력자들일지도 모르니, 섣불리 공격 명령을 내릴 수가 없었던 것이다.

헌데, 말무리가 점점 가까워지고 그들의 윤곽이 확연하게 보이게 되자 간습은 크게 당황했다.

'간명!'

말무리 선두에 그의 동생인 간명이 있었다.

'저놈이 어떻게 살아 있는 거냐.'

분명 지금쯤 송장이 되어 마차에 실려 오고 있어야 정상인데 말이다.

'빌어먹을, 실패한 모양이구나.'

다만, 어떤 식으로 실패한 것인지 알아야만 했다.

그가 포섭한 무사가 시도조차 하지 못하고 사전에 걸린 것인지, 아니면 시도하다가 걸린 것인지를 확실히 알아야 동생을 어떤 식으로 맞이할지를 결정할 것이 아니겠는가.

"형님, 이게 어찌 된 일입니까?"

장내에 도착했지만 간명은 말에서 내리지도 않고 물었다.

인왕대 대주가 울분 어린 음성으로 대답했다.

"보주님이 돌아가셨습니다!"

간습은 내심 욕을 터트리며 인왕대 대주를 쳐다봤다.

그 사실을 알리기 전에 어찌 돌아오게 된 것이냐는 물음을 먼저 하려고 했는데, 인왕대 대주가 계획을 망쳐 버린 것이다.

"아버님이!"

간명은 급히 말에서 뛰어내리며 숨이 끊긴 부친의 시신을 향해 뛰어갔다.

"아버님!"

간명은 시신을 부둥켜안고 오열했다.

하지만 그것도 잠깐, 벌떡 일어나 살기 어린 음성으로 소리쳤다.

"어떤 놈의 짓이냐!"

"저기 있는 반룡복고당 놈들의 짓이다."

간습이 기회다 싶어 얼른 반룡복고당의 무리가 있는 곳을 손가락으로 가리켰다.

간명이 어떻게 죽지 않았는지에 대해서는 나중에 알기로 하고, 우선 반룡복고당을 처리하기로 작정한 것이다. 아니면 싸움 중에 간명의 죽음을 유도할 수도 있었다.

간명은 불길이 일어날 것만 같은 시선으로 반룡복고당의 무리를 쳐다보며 외쳤다.

"흉수가 누구인지 알면서 왜 모두들 가만히 서 있기만 하는 것이냐! 모두 날 따라라!"

간명은 득달같이 앞으로 달려 나갔고, 천왕대 대주와 지왕대 대주, 그리고 인왕대 대주까지 수하들에게 공격하라고 명령하며 그 뒤를 따랐다.

팔공산으로 갔다가 돌아온 패왕무사들의 합류로 육십여 명
으로 늘어난 무사들은 기다렸다는 듯이 반룡복고당의 무리를
향해 뛰어나갔다.

*　　　*　　　*

상황이 험악한 분위기로 변해 버리고, 그래서 강학청과 함
께 무리로 돌아가 있던 뇌혁강은 당원들에게 큰 목소리로 말
했다.

"모두 싸울 태세를 갖추시오!"

그의 말이 아니라도 이미 무기를 꺼내들고, 긴장한 표정으
로 정면을 주시하고 있던 당원들은 마른침을 삼키며 공력을
끌어올렸다.

"놈들을 죽이자!"

"한 놈도 남김없이 쓸어버리자!"

패왕보의 무사들은 저 앞에 있었지만, 그들의 성난 함성과
고함은 이미 당원들의 코앞에 이르러 심장을 강하게 두드려댔
다.

그리고 두 무리간의 간격이 빠르게 줄어들어 오 장의 거리
가 되었을 때 당원들의 긴장감은 최고조에 다다랐다. 공격해
오는 패왕보 무사들의 심정 또한 크게 다르지 않았다.

헌데 바로 그 순간, 새하얗게 빛나는 길쭉한 덩어리가 두 무리 사이로 떨어졌다.

과광!

귀를 멍하게 만들 정도의 굉음과 넉 장 이상으로 치솟아 올라 사방으로 뿌옇게 장막을 쳐 버리는 흙먼지.

반룡복고당의 당원들, 패왕보의 무사들 할 것 없이 모두가 동작을 멈춘 채 그들 사이를 가로막고 있는 흙먼지의 장벽을 바라보며 똑같은 의문을 떠올렸다.

'도대체 이게 무슨 조화냐?'

간신히 윤곽만 볼 수 있을 만큼 빠르게 날아온 빛의 덩어리가 땅바닥을 강타하며 폭발시켰고, 그로 인해 흙먼지가 높이 치솟아 올랐다는 것은 알고 있었다.

또한 그 빛의 덩어리가 절정의 고수만이 발출할 수 있다는 유형의 강기라는 것도 알았다.

하지만 강기가 어디서 날아온 것인지, 누가 날려 보낸 것인지, 이 정도의 고수가 갑자기 어디서 나타난 것인지는 아무도 알지 못했다.

"……."

먼지가 가라앉았지만, 양 무리는 아무런 행동도 취하지 않고 뭔가 변화가 나타나기를 조용히 기다렸다.

분명 조금 전의 놀라운 광경을 만들어낸 장본인이 나타날 테니까.

그때 반룡복고당의 무리 사이로 반악이 걸어 나왔다.

당원들은 처음엔 왜 그가 앞으로 나서고 있는지 의아하게 쳐다봤다. 그러나 반악이 뇌혁강을 지나쳐 더 앞으로 나아가려 하자 깨닫게 되었다.

막강한 위력의 강기를 발출한 장본인이 바로 반악이라는 것을.

"방금 강기를 날린 사람이 반 소협이었소?"

뇌혁강은 얼떨떨한 표정으로 그를 지나쳐 가는 반악을 쳐다보며 물었다.

강학청을 제외한 모든 당원들도 뇌혁강처럼 믿기 힘들다는, 그게 사실이라면 경악할 일이라는 듯한 시선으로 그를 바라보았다.

반악은 고개를 돌려 뇌혁강의 시선을 마주했지만, 대꾸는 하지 않았다.

그저 어깨만 살짝 으쓱여 보이고는 다시 앞으로 걸어갔다.

그러나 그 작은 몸짓만으로도 대답은 충분했다.

'반 소협이 유형의 강기를 발출할 정도로 대단한 고수였다니.'

기껏해야 이십대의 젊은이일 뿐이기에 남궁세가의 상승 무공을 익혔다고 해도 그 성취는 크지 않을 거라 여겼다. 강하다고 해봐야 후기지수라는 말을 들을 정도겠지, 하고 생각했다.

남궁세가의 진전을 이은 후인이라고 했지만, 그 이상의 의미로는 감흥이 거의 없었던 것이다.

그저 반룡복고당에 더 커다란 명분을 실어 주는 정도라고나 할까.

'그런데……'

반악은 방금 전 진정한 남궁세가의 전인이라는 것을 몸소 증명한 것이다.

안휘 최강을 넘어 무림 전체에서도 손꼽혔던 무공을 자랑한 남궁세가의 전인임을 말이다.

'사람의 마음이란 참으로 변덕스럽고, 이상하구나. 반 소협이 엄청난 고수라는 걸 알게 되니 그의 등이 더욱 크고, 넓어 보이니 말이야.'

뇌혁강은 너무 놀라 할 말을 잃은 얼굴로 반악이 패왕보의 무리를 향해 걸어가는 걸 지켜보았다.

뭔가 놀라운 일이 일어나지 않을까, 하는 조심스런 기대감을 가지고서.

*　　　*　　　*

'이렇게까지 나설 생각은 없었는데.'

반악은 긴장감과 경계심을 가지고 그를 바라보는 간명, 간습과 패왕보의 무리를 바라보며 내심 쓴웃음을 지었다.

뒤에서 그를 향해 이목을 집중하는 당원들은 어떠한가.

그들의 시선 때문에 뒤통수가 간지러울 지경이었다.

'아무리 심사숙고하여 짠 계책도 완벽하게 성공하기란 쉽지 않다는 뜻이겠지.'

원래 그의 역할은 막후 조종자였다.

강학청에게 계책을 꾸미라 사주하여 당원들을 조종하고 움직이게 한 뒤, 의도한 대로 결과가 나타나면 만족스럽게 지켜보면 되었다.

그런데 간습이 부친을 독살시키면서 엉망이 되고 말았다. 싸움이 벌어지면 뇌혁강의 무리가 패할 것이 당연한 상황에서 그냥 방관하고 있을 수가 없게 된 것이다.

그래서 강기를 날려 성난 파도처럼 밀고 들어오는 패왕보의 무리를 멈춰 서게 만들었다.

그가 나서서 모든 흐름을 계획했던 방향대로 다시금 흘러가도록 유도하기 위해서.

*　　　　*　　　　*

반악이 두 장의 거리를 두고 걸음을 멈추자 간명이 긴장감을 감추지 못한 표정으로 물었다.

"당신도 반룡복고당의 당원이오?"

"맞소."

간명은 반악의 말투가 그렇게 공격적이지가 않은 듯하여 내심 안도했다.

"난 패왕보의 이공자 간명이오. 당신의 이름은 무엇이오?"

"반악."

간명은 내심 고개를 갸웃거렸다.

젊다고는 해도 이 정도의 고수라면 조금이라도 이름이 알려졌어야 정상인데, 전혀 들어본 적이 없는 이름이기 때문이었다.

'무림 출도한 지 얼마 되지 않았다는 의미군.'

나름의 결론을 내린 간명은 조금 전부터 품고 있던 의문을 드러냈다.

"방금 보여주었던 당신의 무공은 매우 대단했소. 그런데 어찌 곧바로 우리를 노리지 않은 거요?"

분명 그 강기를 자신들 쪽으로 날렸다면 적지 않은 사상자가 생겼을 테고, 싸움은 순식간에 반룡복고당 쪽으로 기울었을 테니까.

아니, 반악이 사전에 경고도 하지 않고 싸움에 뛰어들었다면 패왕보는 절대 승리할 수 없었을 게 분명했다.

강기를 발출하는 고수의 존재란 그만큼 대단한 것이었다.

"괜한 오해로 어그러진 상황을 바로잡기 위함이오."

"어떤 오해가 있다는 말이오?"

"간 보주가 죽은 것에 대해 오해가 있었소."

"허면 내 부친의 죽음이 그쪽의 짓이 아니라는 말이오?"

"그렇소."

"여기 있는 사람들이 모두 그쪽의 짓이라 하는데, 어찌 오해라 할 수가 있소."

반악은 코웃음을 쳤다.

"그거야 당신들 쪽 사람들의 주장이지. 그리고 당신은 방금 전에 도착하여 정확한 사정도 모르잖소. 그런데 부친이 죽었다는 말에, 우리가 죽였다는 말에 자세히 알아보지도 않고 다짜고짜 공격부터 하고 보자는 식으로 뛰쳐나온 거 아니오."

간명은 반박하지 못했다.

반악의 말대로 앞뒤를 따지지 않고 분노에 휩싸여 내린 행동이기는 했으니까.

그러나 부친의 시신 앞에서 냉정해질 수 있는 아들은 드문 법이었고, 그래서 따져 물었다.

"그렇다면 당신이 오해라고 주장하는 근거는 무엇이오?"

"일단 당신 쪽 사람들한테 간 보주가 어찌 죽게 되었는가에 대한 앞뒤 사정부터 들으시오. 나한테 듣는 것보다 그게 더 믿을 만하지 않겠소."

일리 있다고 생각한 간명은 인왕대 대주를 불렀다.

그리고 어찌 반룡복고당의 무리가 이곳에 오게 되었는지부터 시작해, 간금외가 죽게 되기까지의 일들을 소상하게 전해 들었다.

간명은 살짝 심각해진 얼굴로 반악을 바라봤다.

"어떤 일이 있었는지 모두 알았소. 그럼 이제 당신이 근거를 설명할 차례요."

하지만 반악은 고개를 내저었다.

"이젠 내가 굳이 설명을 하지 않더라도 우리가 간 보주를 죽이지 않았다는 걸 알고 있는 것 같은데, 그렇지 않소?"

"……."

간명은 대꾸하지 못했다.

사실 반악의 말대로 그는 부친이 어찌 죽게 되었는지 설명을 모두 듣고 나서 내막을 눈치챘기 때문이다.

간명은 고개를 옆으로 돌려 간습을 쳐다보았다.

"형님."

간습은 인상을 썼다.

그리고 분위기가 심상치 않게 돌아가고 있음을 깨닫고 버럭 소리쳤다.

"간명, 지금 뭘 하고 있는 거냐! 아버님을 돌아가시게 만든 저 흉수들을 그냥 보고만 있을 참이냐! 저놈이 무서워서 그러는 것이냐! 비겁한 놈! 겁쟁이 같은 놈! 패왕보에 너 같은 놈은 필요 없으니 당장 꺼져라!"

하지만 간명은 눈썹도 꿈쩍하지 않았다.

오히려 얼음과 같은 눈빛으로 간습을 노려보며 말했다.

"나를 죽이려 한 것도 모자라서 아버님까지 독살한 겁니까."

"그게 무슨 헛소리냐!"

간습은 당황한 속내를 드러내지 않기 위해 애쓰면서 화를 냈다.

그러나 간명은 코웃음을 치고, 분노어린 얼굴로 지왕대 대주를 향해 손짓했다.

지왕대 대주는 곧바로 뒤로 달려가 말에 실려 있던 멍석을 가져왔다. 그리고 돌돌 말려 있던 멍석을 간명의 앞에 내려놓고 펼쳤는데, 그 안에는 남자의 시신이 있었다.

"……!"

간습은 내심 크게 놀랐다.

그가 협박과 회유로 끌어들이고, 팔공산으로 가는 중에 간명을 독살하도록 사주했던 무사의 시신이기 때문이었다.

"내가 마실 차에 독을 넣다 들키자, 그 독을 자신이 마시고 자살한 천왕무사입니다. 이놈은 죽기 전에 형님의 지시를 받았다고 실토했습니다."

"도대체 무슨 소리를 하고 있는 거냐!"

"잘못이 없다면 내가 지금 형님의 몸을 수색해도 되겠습니까?"

간습은 내심 뜨끔했다.

그의 소매 안에 독침이 들어 있는 침통이 있었으니까.

그러나 무조건적으로 부정하기보다, 다른 가능성을 제기했다.

"내가 왜 너를 독살한단 말이냐! 오히려 이 천왕무사 또한 저들의 사주를 받은 자일 수도 있다! 그래, 바로 저들의 짓이다! 죽은 모양새를 보아하니 아버님과 같은 독에 죽은 게 분명하다!"

"형님!"

간명은 더는 보고 있을 수 없다는 듯 버럭 소리쳤다.

하지만 간습은 포기할 수 없었다. 조금 전까지 그를 지지했던 무사들이 그를 싸늘한 시선으로 쳐다보기 시작했지만, 이제 와서 모든 게 그의 짓이라고 인정할 수 없었다.

'내가 저놈과 싸우는데도 가만히 있지는 않겠지.'

"너는 저놈과 싸우는 게 그리 무섭더냐! 그래서 날 핑계로 삼으려는 것이냐! 좋다, 그렇게 무섭다면 나 혼자서라도 저놈과 싸우고 말겠다! 아버님의 복수를 위해서라면 나의 목숨 따위는 조금도 아깝지 않다!"

간습은 곧바로 반악을 향해 뛰어나갔다.

'조금만 버티면 된다.'

강기를 발출하는 고수를 이길 자신은 없었다.

그렇다고 작정하고 나섰는데 섣불리 싸울 수는 없는 일.

간습은 가득히 공력을 일으켜 칼에 주입하고 그가 펼칠 수 있는 가장 강력한 초식으로 반악을 공격했다.

그런데 그가 초식을 완벽히 펼치기도 전에 앞으로 다가온 반악이 칼의 변화 속으로 거침없이 맨손을 들이밀었다.

'미친놈!'

알아서 손을 내밀어 위험을 자초하다니.

아무리 강기를 발출하는 고수라 해도 보통 사람들처럼 뼈와 살로 이루어진 건 마찬가지였고, 그래서 절대 멀쩡할 수 없을 거라 생각했다.

간습은 손목을 단번에 잘라 버리기 위해 칼에 힘을 더욱 강하게 실었다.

덥석.

"......!"

간습의 눈동자가 튀어나올 것처럼 커졌다. 그의 손목이 너무도 쉽게 반악의 손에 잡혔기 때문이다. 날카로운 변화를 만들어 가던 칼끝은 반악의 목에서 한 치쯤 떨어진 채 멈춰져 있었다.

그는 재빨리 정신을 차렸다. 그리고 반악의 하초를 노리고 빠르게 발끝을 내질렀다. 무림에선 모두가 꺼리는 수법이었지만, 간습은 조금도 머뭇거리지 않았다.

그러나 반악은 그의 발길질보다 더 빠르게 박도를 휘둘렀다.

스악—

간습의 머리가 몸에서 분리되어 땅에 떨어지고, 목에서 핏물이 샘물처럼 뿜어져 나왔다.

풀썩.

머리 잃은 간습의 몸은 무너져 내렸고, 그 자리를 중심으로 붉은 핏물이 빠르게 번져나갔다.

반악은 발치 아래로 흘러오는 핏물을 피하지 않고, 그를 매섭게 노려보고 있는 간명을 쳐다봤다.

그리고 말했다.

"진짜 범인이 죽었으니, 협상을 다시 재개합시다."

간명은 대꾸하지 않고 계속 노려보기만 했다.

친형이 눈앞에서 살해당한 것에 분노한 걸까?

아니면 부친을 독살하고, 자신까지 죽이려 했던 흉수가 남의 손에 죽었다는 것에 대한 원통함일까?

사실 그는 깊은 고민에 빠져 있었다.

'지금 싸움을 선택한다면 이길 수 있을까?'

저 뒤에 있는 무리만 감안하면 필승을 자신할 수 있었다.

그러나 반악을 같이 두고 감안하면 솔직히 자신이 없었다.

냉정하게 평가해 자신은 간습보다 조금 더 강한 수준이었다. 그런데 반악은 두 동작 만에 간습의 목을 간단히 잘라 버렸으니, 수준의 차이는 분명하게 드러난 것이다.

'난 아버님의 뒤를 이어 패왕보를 지켜내야 한다.'

간명은 실리를 선택하기로 결심했다.

그는 뒤돌아서서 크게 소리쳤다.

"나를 살해하려고 했던 것도 모자라, 부친이자 보주님을 독살한 간습은 죽어 마땅하다! 그는 개인의 사욕을 위해 진가장을 노렸고, 우리 모두를 이용하려 했으니 역시 죽어 마땅하다! 그리고 그러한 간습으로 인해 벌어진 싸움은 무의미하며, 그로 인해 누군가 죽고 다친다면 결국 저 배반자의 의도대로 된 것이니 어리석은 선택이라 할 수 있다!"

간명은 무사들을 쭉 둘러보았다.

그리고 그들 역시 싸우고 싶어 하지 않고 있다는 확신을 얻자 선포하듯 명령했다.

"소란은 끝났다. 모두 각자의 자리로 돌아가라."

*　　　*　　　*

간명은 간습의 시신을 치우게 하고, 무사들을 모두 장원으로 들여보낸 뒤 세 명의 대주들하고만 남았다.

그는 핏물이 질척하게 잠겼다가 굳어가고 있는 땅 위에 여전히 그대로 서 있는 반악과 그의 옆에 선 뇌혁강, 강학청을 쳐다보며 말했다.

"내 형이 죽었으니 그쪽과 부 부인에게 사과하는 부분은 빼고 다른 제안은 모두 받아들이도록 하겠소. 그리고 내 부친께서 요구했던 대로 오늘 있었던 모든 일과 협상 내용에 대해서 확실한 비밀을 약속해 주시오."

사과 부분이 빠지기는 했지만, 뇌혁강은 이미 간금외와 합의했던 것이기에 받아들이려 했다.

그러나 그가 대답을 하기도 전에 반악이 먼저 말을 했다.

"안 되오."

"……!"

간명과 대주들은 인상을 찌푸렸다.

협상을 빨리 끝내고, 붙잡혀 있는 부상자들을 돌려받고, 보주의 장례를 비롯하여 어수선해진 패왕보의 분위기를 바로잡으려 했는데, 일이 어렵게 돌아갈 분위기였기 때문이다.

뇌혁강도 당황스럽기는 마찬가지였다.

계획이 살짝 어그러지기는 했었으나 결국 다시 본래의 흐름으로 돌아왔으니, 또 다른 문제가 생기기 전에 서둘러 마무리를 짓는 게 좋겠다 생각하고 있었다.

그런데 반악이 이를 거부할 줄은 몰랐던 것이다.

'무슨 생각인 거지?'

뇌혁강은 일단 무슨 말을 할지 지켜보기로 했다.

이미 반악은 그가 어찌 할 수 있는 수준의 인물이 아니라는 걸 알았고, 이 모든 상황에 있어서 그가 칼자루를 쥐고 있는 것과 마찬가지였으니까.

반악의 말을 이해할 수 없었던 간명은 살짝 불안감을 느끼며 물었다.

"안 된다니 무슨 말이오?"

"상황이 바뀌었으니, 제안도 바꾸겠소."

"어떻게 말이오?"

"비밀 보장은 무효고, 사람 한 명당 교환 금액은 은 백 냥, 간 보주와 소보주가 죽었으니, 당신이 대신 우리와 부 부인에게 사과를 하시오. 그리고……."

"그리고?"

"패왕보는 앞으로 십 년간 봉문하시오."

"뭐요!"

간명은 깜짝 놀라 소리쳤다.

대주들 역시 무슨 말도 안 되는 소리냐며 험악한 표정을 지으며 분노를 터트렸다.

스릉.

반악은 박도를 뽑아들었다.

간명 등은 흠칫했다.

'받아들이지 않으면 싸우겠다는 건가?'

의문을 떠올리던 간명 등의 눈이 놀람으로 인해 크게 떠졌다.

박도에서 놀랄 만한 변화가 일어나기 시작했기 때문이다.

우웅—

박도가 진동을 하더니, 순식간에 하얀 빛으로 둘러싸였다.

반악은 박도를 그대로 하늘로 들어올렸다가, 도끼질 하듯 직선으로 내리쳤다.

"피해!"

간명은 마음속으로 설마, 설마, 하다가 깜짝 놀라 왼쪽으로 급히 몸을 날렸고, 대주들도 강기를 날리지는 않겠지, 하고 생각하다가 반대쪽으로 피했다.

그들은 간발의 차이로 강기를 피할 수 있었다.

쾅!

직선으로 날아간 강기가 그대로 패왕보의 정문을 강타했고, 크고 묵직한 정문이 굉음을 내지르면서 절반이나 박살나 버렸다.

"……."

나무 파편이 뿌옇게 일어났다가 가라앉자, 문이 박살나며 생겨난 구멍 뒤로 경악어린 표정의 패왕보 무사들이 보였다.

반악은 얼굴에 분노와 두려움을 동시에 드러내며 그를 노려보고 있는 간명과 대주들을 향해 말했다.

"나의 일격을 막을 수 있다면 봉문하라는 말은 취소하겠소."

"……."

대주들은 반악의 능력에 질려 버렸다는 표정을 지으며 입도 뻥긋하지 못했다.

간명 역시 대꾸하지 못하기는 마찬가지였다.

'강기를 저리 쉽게 발출하는 고수라니.'

간명은 이미 한 번 보기는 했지만, 반악의 무공에 새삼 놀랐다.

그는 자신이 꿈을 꾸는 게 아닌가, 하고 자문해 보기도 했다. 저러한 막강한 강기의 발출은 반악과 같은 젊은 나이에 보여주기에는 너무 힘든 능력이기 때문이었다.

그의 생각에는 거의 불가능한 일이었다.

'혹시 저자는 전설로 전해지는 반로환동의 고수가 아닐까?'

하지만 곧 쓸데없는 생각이라 치부했다.

그는 있었던 내용이 전해진 게 전설이 아니라, 있을지도 모른다는 가정 하에 상상력을 바탕으로 만들어낸 이야기가 전해진 게 전설이라 믿고 있기 때문이다.

혹은 사실이기는 하지만, 너무나 과대하게 부풀린 이야기거나.

즉, 지금껏 그러한 사람이 있다는 말도 없었던 반로환동의 경지는, 현재도 앞으로도 있을 수 없는 일이라 생각하고 있는 것이다.

'어쨌든 이 정도의 고수를 상대로 싸울 수도 없고……'

그렇다고 봉문을 받아들일 수도 없었다.

패왕보 정도의 규모를 가진 문파가 십 년간 봉문을 한다는 것은 멸문을 당하는 것과 마찬가지였으니까.

그 십 년 동안 사라져 버릴 무사들과 경제력, 영향력 등을 생각하는 것만으로도 머리가 아플 지경이었다.

이때 강학청이 반악에게 말했다.

"반 소협. 십 년의 봉문보다는 서로 간에 이득이 될 수 있는 방안을 세우는 게 어떠하겠습니까?"

그는 반악이 꼭 저들의 봉문을 원하는 게 아니란 것을 알고 있었다.

그리고 당혹해하고 있는 간명의 고심도 읽어냈다. 그래서 반악도 간명도 그리고 뇌혁강을 비롯한 반룡복고당도 받아들일 수 있는 중재안을 꺼내들려 하고 있는 것이다.

반악은 강학청을 쳐다보았다.

"말해 보시오."

"봉문을 제외한 기존 제안에 더불어 패왕보로부터 십 년간 일 년에 은 이백 냥씩의 보상금을 받고, 우리 반룡복고당에 협력한다는 각서를 받는 것입니다."

간명의 얼굴이 굳어졌다.

십 년이 짧지는 않아도 은 이백 냥의 보상금 정도는 줄 수 있었다. 하지만…….

'협력 각서?'

말인 즉, 거룡방을 배신하고 반룡복고당에 붙으라는 말이었다.

허나, 그 제안은 패왕보를 존폐의 위기로 몰아갈 수 있는 사안이 아닌가.

자신들이 반룡복고당과 손을 잡았다는 걸 거룡방이 알게 되면 절대 가만히 있지 않을 것이기 때문이다.

강학청은 간명의 그러한 속내를 짐작하고 말했다.

"물론, 오늘 일에 대해서뿐만이 아니라 우리와 협력한다는 사실은 외부에 비밀로 해야 하오. 한동안은 여기 있는 우리 일곱 명만 알고 있는 것으로 하는 게 좋을 것이오."

강학청이 말하는 한동안이란, 려강에 암약하고 있는 거룡방의 간자를 잡아내고, 반룡복고당이 지금보다 더욱 강한 전력을 갖출 때까지의 시간을 말하는 것이었다.

그 전까지는 거룡방에 대한 정보를 받는 정도만으로 협력관계를 유지하면 되는 일이니까.

"나쁘지 않군."

반악은 강학청의 제안을 긍정적으로 받아들였고, 뇌혁강 역시 두 말 없이 수긍을 했다.

강학청은 이제 간명의 선택만이 남았기에 그를 쳐다보며 물었다.

"어찌 하시겠소?"

"……."

쉽게 대답이 나올 리가 없었다.

봉문을 받아들여도 문제고, 받아들이지 않아도 문제이기 때문이다.

'거룡방을 배신하고, 반룡복고당과 손을 잡는 게 잘하는 일일까?'

거룡방은 안휘의 패자가 되었다.

이름을 거룡성으로 개칭하고 개파식까지 끝낸다면 무림 전체가 인정하는 안휘의 최강자가 될 것이다.

그에 반해 반룡복고당은 완전히 드러내놓고 활동하기 어려울 만큼 충분한 힘을 갖추지 못했다. 솔직히 소문만 요란하지 대략적인 전력조차 드러난 게 없지 않은가.

현재 돌아가는 상황만 보자면 거룡방을 지지하는 게 상식적으로 맞는 행동인 것이다.

'그러나……'

간명은 반악을 힐끔 쳐다보았다.

'거룡방에 저 정도의 고수가 있을까?'

있기는 있었다.

추귀 잔혹마.

누구나 인정하는 거룡방 최고의 고수.

또한 누구도 부정할 수 없는 안휘 사파 제일의 고수.

소문에 의하면 현재 폐관 수련 중에 있어 모습을 보이지 않은 지 오래되었다고 하지만, 혹시 방주에 의해 제거된 것이 아닌가 하는 조심스런 이야기가 들려오기도 하지만, 안휘의 무림인들이라면 누구라도 그를 거룡방의 대표고수로 꼽는데 조금도 주저하지 않을 것이다.

'그는 참으로 무서운 사람이지.'

간명은 잔혹마를 딱 한 번 보았었다.

거룡방이 남궁세가를 격파하고 얼마 있지 않아서 그의 부친과 수뇌들이 앞으로 어찌 처신해야 할지에 대해 고심을 거듭하고 있을 시기쯤이었다.

'소문만큼이나 흉측하고 초라한 외모였지만, 그 분위기와 눈빛은 일당 천의 고수라는 걸 단번에 알 수 있을 만큼 강하고, 날카로웠다.'

멀리서 몰래 본 것이었지만, 지금도 그 눈빛을 잊을 수가 없었다.

그의 부친과 수뇌들이 거룡방에 복속하자는 결정을 내리게 된 것도 반악을 한 번 보고 나서였다.

'하지만 그 잔혹마도 저자를 이길 수가 없을 것 같다……'

잔혹마가 천하 오십삼 명의 고수에 들어가기는 하지만, 강기를 가볍게 발출할 수 있는 수준이라고 생각하진 않았다.

'저자의 존재만으로도 반룡복고당은 거룡방에 맞설 수 있는 강력한 세력으로 평가받을 수 있을 거다.'

세간의 평가에 의하면, 거룡방의 성장 또한 잔혹마의 활약이 있지 않았다면 불가능한 일이었으니까.

또한 간명도 그 평가에 깊이 동의하고 있었다.

'저자를 앞장세워 힘을 키우고, 영향력을 확장한다면 그리 멀지 않은 기간 안에 거룡방과 어깨를 나란히 할 세력이 될 지도 모르지.'

무엇보다 거룡방이 본거지를 안휘의 북쪽 팔공산으로 이전했다는 게 문제였다.

그가 만약 반룡복고당의 당주라면 상대적으로 위험이 덜 하고 성장시키기 쉬운 지역에 자릴 잡을 테고, 그러한 지역은 현재 거룡방이 분타만 남겨 놓은 안휘 남쪽이었다.

그리고 그의 예측대로 반룡복고당이 남쪽에 자릴 잡는다면, 패왕보가 남쪽에 속하는 지역에 있는 만큼 북쪽의 문파들보다 빠르게 반룡복고당의 표적이 될 게 분명했다.

'운이 좋아 지금 저들에게서 안전할 수 있다 해도 나중에 또 위험할 수 있다는 것이지…….'

시간을 끌고 거룡방에 구원을 요청해 잠시 동안은 문파를 존속시킬 수는 있겠으나 결국 반룡복고당의 집요한 공격 속에서, 특히 반악이 앞장서게 되면 눈 깜짝할 사이에 멸문할 가능성도 충분한 것이다.

'긍정적으로 보면 패왕보를 급성장시킬 호기일 수도 있지 않을까?'

가정이기는 하지만 반룡복고당이 거룡방과 당당히 맞서 안휘를 남북으로 양분하게 된다면, 그들과 일찍 손을 잡은 것만으로도 자신들을 바라보는 주변의 평가가 달라질 테니까.

반룡복고당도 그들의 도움과 협력을 모른 척하고 있지는 않을 것이었다.

'아무리 생각해도 저들의 제안을 거절할 만한 실익과 명분이 없다.'

그러나 지금 바로 결정을 내려 대답해 주기에는 사안이 너무 중대하고, 심각했다.

게다가 너무 쉽게 승복을 하는 것도 자존심이 허락하지 않았다.

"생각할 시간을 주시오."

당장 대답하라고 할지도 모르지만, 일단 요청이라도 해본 뒤에 포기해도 늦지 않았으니까.

헌데, 반악은 의외로 쉽게 고개를 끄덕였다.

다만, 그 시간이 넉넉하지 않을 뿐이었다.

"내일 정오까지 주겠소."

하루의 시간이었다.

설사 거부하겠다고 결정해도 거룡방으로부터 도움 받을 틈 도 없는 시간인 것이다.

"알겠소. 내일 정오까지 답변을 주겠소."

강학청은 말했다.

"우리가 데리고 있는 지왕무사들은 지금 돌려주겠소."

그들을 돌려주어도 걱정하지 않는다는 자신감을 보여주기 위한 선심이었다.

뇌혁강과 강학청, 반악은 간명에게 찾아올 장소를 말해 준 뒤 곧장 무리로 돌아갔고, 지왕무사들을 남겨둔 채 려강 쪽으 로 사라졌다.

"수하들을 불러 지왕무사들을 챙기도록 하시오."

간명은 대주들에게 명령을 내린 뒤 장원으로 돌아섰다.

거의 결정을 내린 것과 다름없었지만 내일이 되기 전까지 그는 마음 편히 있을 수 없을 것이다.

아니, 앞으로 적지 않은 시간 동안 그의 기분은 나아지지 않을 게 분명했다.

부친의 죽음 등을 비롯한 여러 복잡하고 괴로운 기억들, 갑자기 짊어지게 된 책임감이 한동안은 그를 괴롭히고, 또 괴롭힐 테니까.

第十九-上章

　신시(申時; 오후 3~5시) 무렵.

　이틀 전부터 문을 닫고 손님을 받지 않았던 청운객잔이 시
끌시끌하고, 떠들썩했다.

　손님을 받았기 때문이 아니라, 반룡복고당의 당원들이 모두
모여서 축하를 하고 있었기 때문이었다.

　오늘 정오 무렵, 패왕보의 새로운 보주가 된 간명이 찾아와
뇌혁강에게 은 수백 냥의 보상비를 주고 정식으로 사과를 한
뒤, 비공식적으로 진가장을 찾아가 부 부인에게도 자신들의
잘못을 시인하고 사과를 청하면서 어제 있었던 싸움이 완전히
마무리가 되었다.

이로써 근방의 패권을 쥐고 있으며, 전력과 규모에서 그들보다 우위에 있는 패왕보와의 싸움에서 승리했음을 확정지은 것이다.

물론, 그 모든 일에 대해서 외부에는 함구하기로 약조를 했지만.

"하하하, 모두 마음껏 기뻐하고, 즐겁게 마십시다!"

"와아!"

뇌혁강의 힘찬 음성과 함께 당원들이 술잔을 들고, 힘껏 부딪치며 승리의 함성을 질렀다.

당원들이 려강에 자릴 잡고 난 이후 최초의 싸움.

그리고 최초의 승리.

당원들은 너무나 기뻤고, 기뻐서 웃었고, 또 기뻐서 눈물을 흘렸다.

그들은 오늘의 승리를 절대 잊지 않을 것이었다.

                    *   *   *

마동찬은 객잔 밖으로 나왔다.

안에선 아직도 웃고, 떠들고, 노래하고, 술잔을 부딪치는 소리들로 시끄러웠다.

마동찬의 얼굴은 붉었다.

그도 적지 않은 술을 마셨기 때문이다.

하지만 그는 기뻐서 마신 게 아니었다. 겉으로는 기뻐하는 척했지만, 속으로는 울화와 짜증을 곱씹으며 술을 마시고, 또 마셨다.

마동찬이란 사람으로서는 당연히 기뻐해야 할 일이지만, 그의 진짜 신분과 진짜 이름인 천문당 일조장 고변책으로서는 좋게 받아들일 수 없는 일이기 때문이다.

'염병할! 어쩌다 일이 이렇게 되어 버린 거냐.'

얼마 전까지만 해도 모든 건 그가 원하는 방향으로 흘러가고 있었다.

뇌혁강은 그의 말을 지지했고, 당원들은 무림인이라기보다는 생활인에 가까운 삶을 영위했고, 그의 위치는 더욱 공고해져 가는 상태였다.

물론, 가장 중요한 반룡복고당의 본거지를 알아내는 임무를 완수하기까지는 더 많은 시간이 필요할 것 같지만, 전체적으로 그가 신분을 위장하고 당원들 속에 숨어든 의도에 부합할 수 있었던 것이다.

그러나 최근에는 모든 게 어그러지고 있었다.

'그놈 때문이다.'

마동찬은 반악을 떠올렸다.

그는 패왕보와의 싸움이 승리로 마무리 되는 데 있어서 혁혁한 공을 세웠지만, 개인적인 사정을 이유로 객잔에 나타나지 않았다.

'그놈이 나타나고부터 되는 일이 하나도 없어.'

그 전까지는 탄탄대로였다.

강학청이 가끔 딴죽을 걸기도 했지만, 그 정도는 문제랄 것도 없었다.

강학청은 무림인이라고 하기에는 드물게 똑똑하고, 그가 주장하는 이야기의 맹점을 정확히 집어낼 정도로 날카로운 식견을 갖추었지만, 그가 몇 마디 말로 짓눌러주면 얼굴만 붉히고 입도 뻥긋 못할 정도로 자신감이 부족했던 인물이기 때문이었다.

헌데, 그런 강학청도 반악이 나타난 이후 달라져 버렸다.

같은 사람이었나 싶을 정도로 자신감이 넘쳤고, 쉽게 의지를 굽히지도 않았으며, 뇌혁강의 신임을 얻어 그의 존재감을 약화시키기까지 했다.

이번 패왕보와의 결전도 강학청이 모두 주도한 일이 아니던가.

'분명 강학청도 반악 그놈과 연관되어 있는 게 분명해.'

어떻게 하다가 둘이 친분을 다지게 되었는지, 또 무슨 음모를 꾸미고 있는지는 아직 알 수 없었지만, 수단방법을 가리지 말고 그 둘의 관계를 깨 버려야만 했다.

물론, 쉽지는 않을 것이다.

무엇보다 반악이 너무나 엄청난 고수라서 함부로 도발을 할 수가 없기 때문이다.

'그놈이 남궁세가의 전인이라 주장했지만……'

믿지 않았었다.

지난날 거룡방은 남궁세가를 멸문시킬 때 개 한 마리 살려 두지 않고 몰살을 시켰다. 그런데 어떻게 후인이 있을 수 있단 말인가.

그 전 전대 남궁세가에서 빠져나간 일족의 후인이라고도 했지만, 말도 되지 않는다고 생각했었다. 남궁세가에서 비전무공이 외부로 빠져나갈 수도 있는데 그 전 전대 일족이란 사람을 그냥 떠나게 보내주진 않았을 테니까.

헌데, 반악은 그 말을 증명하듯 믿기 힘들만큼 엄청난 실력을 보여주었다.

처음엔 의심했지만, 이젠 진짜 남궁세가의 후인일지도 모른다는 생각이 드는 것이다.

만약 반악이 진짜 남궁세가의 후인이라고 한다면, 남궁세가의 비전무공을 익혔다고 한다면 매우 심각한 일이기에 그 진위 여부를 확실히 알아내야만 했다.

'하지만 그 전에……'

패왕보의 일을 거룡방에 알려야만 했다.

'그 많은 보상비를 주고, 직접 사과까지 했지만 그것 말고도 뭔가 있는 게 분명하다.'

어제 강학청이 간명과 길게 이야기를 나누었고, 반악이 강기를 날려 정문을 부수는 등의 무력시위까지 했던 걸 생각하면 그렇게 조용히 마무리 될 일이 아니었던 것이다.

이전과 달리 그와 대화하기를, 시선 맞추기를 꺼려하고 있는 뇌혁강의 태도도 의심스러웠다.

그에게 뭔가를 숨기고 있는 게 분명했다.

'이 세상에 영원한 비밀은 없는 거다.'

거룡방에서 사람을 파견해 조사를 하면 금방 밝혀지게 될 것이다.

'어쩌면 이 짓도 그만둬야 할지 모르겠군.'

패왕보의 문제가 생각보다 심각하다면, 머뭇거릴 것도 없이 려강의 당원들과 패왕보를 단번에 쓸어버릴 수밖에 없지 않겠는가.

그렇게 되면 본거지를 알아내는 것도 당원들을 붙잡아 고문하는 방법을 써야만 했다.

그가 굳이 수고를 감수하며 침투하는 방법을 선택한 건 이전에 붙잡은 당원들이 고문을 당해도 입도 뻥긋하지 않았기 때문이었지만, 스무 명 정도를 고문해 보면 그 중에 한 명 정도는 실토하지 않겠는가.

'이 인피면구도 이젠 지겹다.'

마동찬은 신경질적으로 자신의 얼굴을, 인피면구를 쓰고 있는 가짜 얼굴을 비비며 다관 쪽으로 빠르게 걸음을 옮겨나갔다.

*   *   *

'급해 보이는 얼굴이군.'

반악은 대로를 따라 멀어져 가고 있는 마동찬을 흥미로운 시선으로 보고 있었다.

그가 객잔에 가지 않은 것은 그런 자리가 불편하기도 했지만, 마동찬을 직접 감시하기 위해서였다.

견일 등은 그가 하루의 휴식을 주었음에도 불구하고 무공을 수련하겠다며 숲으로 간 상태였다.

'오늘은……'

뭔가 나올 것 같았다.

반악은 적당한 거리를 두고, 골목과 지붕을 이용해서 마동찬의 뒤를 쫓았다.

*   *   *

견이는 바닥에 주저앉아 양손에 쥔 륜을 쳐다보고 있었다.

벌써 한식경이 넘도록 아무것도 하지 않고 보고만 있는 것이었다.

"후우……"

숨을 길게 내쉰 견이는 벌떡 일어나 섰다.

그는 공력을 끌어올렸다.

신마협도 *237*

그리고 반악이 주었던 종이를, 그동안 몇백 번도 넘게 보고 또 보았던 이름도 모르는 초식의 동작 그림과 운기 방법에 대한 설명들을 떠올렸다.

견이는 천천히 앞으로 움직였다. 그리고 점점 빠르게 달려가다 오른쪽으로 뛰어올라 나무를 박차고 더욱 위로 치솟아 올랐다.

"합!"

힘찬 기합과 함께 양손을 떠난 두 개의 륜이 갈 지(之) 자 형으로 엇갈리며 맹렬한 속도로 날아갔다.

츠악— 츠악—

굵직한 가지를 몇 개나 자르고, 서너 그루의 나무를 반 토막 내고 날아가던 륜이 짧은반경으로 둥글게 회전을 하더니 땅에 내려선 견이를 향해 되돌아 날아왔다.

견이의 얼굴이 그 어느 때보다 심각하게 굳어졌다.

'이번에야말로 반드시 잡는 거다.'

초식을 펼치는데 있어서 륜을 집어던지는 건 크게 어렵지 않았다.

손동작, 기의 운용, 던지는 각도 등의 설명을 그대로 따라 하면 되는 것이었으니까.

하지만 돌아온 륜을 잡는 건 결코 쉽지 않았다. 회전하는 륜의 손잡이를 정확히 포착하고 잡아야 하는데 지금껏 성공한 적이 한 번도 없었던 것이다.

두려움.

손이 잘릴 수도 있다는, 놓치면 그대로 목이 날아갈 수도 있다는 두려움 때문이었다.

'지금이다.'

견이는 지척까지 돌아온 륜을 향해 손을 뻗었다.

'잡았다!'

하지만 하나만 간신히 잡았을 뿐, 또 다른 하나는 이미 그의 손끝을 지나쳐 그의 코앞까지 다가와 있었다.

"읍!"

슥—

견이는 급히 허리를 꺾어 피했지만 이마가 쓸려나갔다.

불이 난 것처럼 이마가 화끈거리고, 미간을 타고 핏물이 줄줄 흘러내렸다. 그의 심장은 금방이라도 튀어나갈 것처럼 극심하게 뛰었다. 그만큼 위험천만한 순간이었던 것이다.

물론, 머리가 두 쪽으로 잘려나갈 수도 있었던 것을 감안하면 양호한 수준이라 할 수 있었다.

"빌어먹을!"

견이는 신경질적으로 피를 닦아내며 욕을 내뱉었다.

하나를 잡은 것만 보자면 처음으로 성공한 것이었으니 나름 큰 성취라 할 수 있었지만, 두 개를 다 잡기 위해서는 더 많은 시간이 필요할 것 같았던 것이다.

이런 식이면 언제 성공하고, 다른 초식은 또 언제 전수받을 수 있을 지 요원하기만 했다.

'포기하지 않겠다. 어떻게든 완벽히 성공시켜 주인님에게 다른 초식들도 모두 배워 익히고 말겠다.'

실패를 결심과 다짐의 방편으로 삼은 견이는 놓친 륜을 찾기 위해 돌아섰다.

"……!"

언제 나타난 것인지 뒤에 반악이 서 있었다.

게다가 그가 놓친 륜을 손에 들고 있는 채로.

잘린 나무들이 없는 걸 보면 그가 잡지 못하고 피한 륜을 그대로 잡아낸 게 분명했다.

반악은 말했다.

"너, 의외로 겁이 많구나."

애써 스스로를 위로하고 긍정적인 생각을 하며 화난 마음을 풀었던 견이의 얼굴이 다시 굳어졌다.

'내가 겁이 많다니.'

반발심이 울컥 치밀어 올랐다.

아주 잠깐이지만 반악을 죽이고 싶다는, 들고 있는 륜을 던져 반악의 몸뚱이를 둘로 갈라 버리고 싶다는 충동을 느꼈을 정도였다.

그런데 반악이 그런 견이의 속내를 꿰뚫어본 모양이었다.

"던져봐."

"예?"

"네놈의 눈빛이 건방져졌어. 내 말에 승복하지 못하겠다는 눈빛이잖아. 한 번 덤벼보고 싶다는 눈빛이잖아."

"그게 아니라……."

견이는 당황했다.

혹시 반악의 성질을 건드린 게 아닌가 하고 걱정이 되었다.

그런데 반악이 다시 그의 자존심을 아프게 하는 말을 했다.

"너 진짜 겁쟁이구나."

"……."

"그래, 그 눈빛이야. 날 죽이고 싶어 한다는 그 눈빛. 하지만 륜을 던지지는 못하겠지. 왜냐면 넌 겁쟁이니까."

순간 견이의 눈동자가 날카롭게 번뜩였다.

단전에서 공력이 가득이 끌어올려지고, 팔뚝을 따라 손등으로 이어지는 푸른 힘줄이 불끈 일어섰다.

"하압!"

견이는 마음속에서 치고 올라오는 분노와 살기를 륜에 실어서 반악을 향해 던졌다.

슈아악—

공간을 날카롭게 가르는 소리와 함께 륜이 갈 지 자로 흔들리며 순식간에 반악의 지척까지 이르렀다.

지금 바로 피하지 않는다면 반악은 그대로 양단되고 말 것처럼 보였다.

하지만 반악은 끝까지 피하지 않았고, 륜을 향해서 망설임 없이 손을 내밀었다.

"......!"

견이는 놀랐다.

반악이 너무도 쉽게 륜을 잡아 버렸기 때문이다.

'당연한 건가?'

종이 위에 초식을 세밀하게 그려내고 자세한 설명까지 덧붙일 정도라면 완벽히 익혔다는 뜻이니, 가볍게 륜을 잡아 버리는 것도 이상한 일은 아닌 것이다.

그러나 그가 온 힘을 다해 던진 것이기에 놀라움은 쉽게 가라앉지 않았다.

반악은 그렇게 놀라서 할 말을 잃고 있는 견이에게 말했다.

"이번엔 내 차례지?"

"예?"

반악은 큰 동작도 없이 두 개의 륜을 던졌다.

스라라락—

견이가 륜을 던져 만들어냈던 갈 지 자보다 두 배는 더 크게 흔들리고, 빨랐다.

하지만 그는 감탄만 하고 있을 시간이 없었다.

견이는 좌우로 몸을 날릴 시간도 없어 바닥에 넙죽 엎드렸다. 그렇게라도 피하지 않았다면 그의 몸과 머리가 둘로 쪼개져 바닥을 뒹굴며 주변을 피바다로 만들고 있었을 테니까.

스라라락—

뒤쪽으로 날아갔던 륜이 다시 되돌아오는 소리가 들렸다.

견이는 문득 깨달았다.

'주인님이 정말 날 죽이려 했던 것일까?'

절대 아니다, 라고 말할 수는 없겠지만 그 이상의 다른 의미가 있을 것 같았다.

견이는 고개를 들고 륜이 되돌아오길 기다리는 반악을 똑바로 쳐다보았다. 티끌만 한 움직임까지도 놓치지 않겠다는 듯 뚫어지게 쳐다보았다.

'저거다!'

반악이 두 개의 륜을 가볍게 받아드는 모습을 보며 견이는 내심 탄성을 질렀다.

바로 저 동작이야말로 자신이 배워야 할 것이라고.

물론, 완벽히 파악한 건 아니었고, 눈으로 보았다고 몸으로 익힐 수 있는 것도 아니었다.

하지만 성공시킬 수 있다는 확신을 갖게 되었다.

견이는 얼른 일어나 반악에게 머리를 숙였다.

"감사합니다, 주인님."

반악은 쌍륜을 견이의 발치 앞에 휙 내던지며 말했다.

"위험을 감수하지 않으면 얻을 수 있는 것도 크지 않다. 난 겁쟁이는 필요 없어."

또다시 겁쟁이란 말을 들었지만 이번엔 그 말에 자존심이 상하지도, 화나지도 않았다.

오히려 공경의 마음만 깊어졌다.

"명심하겠습니다, 주인님."

"견일에게 할 일을 지시해 두었다. 가서 이야기를 듣고 잘 처리해라."

"알겠습니다, 주인님."

견이는 반악이 마을 쪽으로 뒤돌아 가는 것을 보고 난 뒤에야 견일이 수련하는 곳으로 움직였다.

*   *   *

흔적을 쫓아 달리는 견삼을 따라 견일과 견이 역시 빠르게 경공을 펼치며 뒤따르고 있었다.

그러나 조용히 따라가기만 하는 건 아니었다.

견일은 반악이 그에게 지시를 내리기 전에 초식에 대해 조언을 해주었던 일에 대해 말하고 있었다.

"고민에 고민을 거듭해도 좀처럼 초식의 흐름을 잡지 못하고 위력을 낼 수가 없었는데 주인님이 한 번 보여주시고, 짧게 몇 마디 해주시니까 눈앞이 확 밝아지는 느낌이었다니까. 처음엔 그냥 날 때릴 구실을 찾기 위해 공격하시는구나 싶어서 내심 욕을 했는데, 그런 식으로 도움을 주실 줄 어찌 알았겠어. 다른 건 모르겠는데, 정말 무공에 관한 능력 하나는 귀신같은 분이란 생각이 절로 들더라고. 솔직히 조금 감동도 했고 말이야. 너도 그랬냐?"

"감동은 무슨."

"그럼 넌 아무 느낌이 없었다고? 그 석상처럼 무뚝뚝한 인간이 방법은 거칠어도 나름 성의 있게 무공을 가르쳐 준 거라고. 그런데 전혀 고맙지 않았단 말이야?"

견이는 대꾸하지 않았다.

솔직히 마음 깊이 감사했고 공경심도 더욱 커졌지만, 감동이고 어쩌고 하는 말을 하는 건 그와 어울리지가 않았다.

'주인님이 보여주신 성의에 답하는 방법은 무공을 완벽하게 익히고, 맡겨진 임무를 완수하는 거다.'

견이는 그렇게 생각했다.

감동이니, 존경심이니 하는 말들을 수백 번 하는 것보다 아무리 작은 일이라도 맡겨진 일을 실수 없이 해내는 게 진심어린 감사 표현이라고.

그래서 앞장서 달리고 있는 견삼이 그 어느 때보다 집중하여, 열심히, 빠르게 추적술을 활용해 놈들을 쫓고 있는 게 아니던가.

땅을 번갈아 쳐다보며 쉼 없이 달리던 견삼이 갑자기 손을 올려 두 사람에게 신호를 보내고 멈춰 섰다.

견일은 반색하며 물었다.

"드디어 꼬리 잡은 거냐?"

"놈들이 저 언덕 너머에서 가고 있다."

"그래? 그럼 얼른 가서 붙잡자."

"잠깐."

"왜?"

"흔적을 보건데 보통 놈들이 아니다."

"어떤 놈들 같은데?"

"두 놈은 무사. 그리고 하나는 우리와 비슷해."

"우리와?"

"그래."

대답을 하는 견삼은 물론이고, 견일과 견이의 표정도 심각해졌다.

보통 놈이 아니고, 자신들과 비슷하다고 한다면 정체야 뻔한 것이기 때문이다.

"그럼, 천문당원이란 거잖아."

아니면 그들과 비슷한 수련을 쌓은 살수들일 수도 있겠지만, 거룡방과의 연관성을 감안하면 천문당원들일 가능성이 가장 높았다.

견삼이 말했다.

"놈들 중 하나가 천문당원이라면 조심해서 접근해야 해."

견일도 동감이라는 듯 고개를 끄덕였다.

그런데 견이가 갑자기 모두 세 명뿐이냐고 물었다.

"세 명이지. 근데 왜?"

"잘됐군."

"뭐가?"

"우리와 딱 맞잖아."

"뭔 말을 하고 싶은 거야?"

견일의 물음에 견이는 등에 맨 자신의 쌍륜을 눈짓했다.

"정면으로 붙어보자. 이런 일에까지 은밀히 접근할 필요가
있냐? 우린 이제 천문당원이 아니잖아."

"……."

견일과 견삼은 서로를 쳐다보았다.

그리고 두 사람은 견이를 동시에 쳐다보며 웃었다.

"그래, 우린 이제 무림인이야."

"그러니까 몰래 접근할 필요는 없지. 좋아, 당당히 모습을
드러내고서 붙어보자고."

합의를 이룬 세 사람은 머뭇거리지 않고 언덕을 향해 달려
갔다.

*   *   *

'이제 이 짓거리도 끝이 보이는군.'

천문당 당원 육호는 짐의 대부분을 려강에 두고 왔기 때문
에 어깨가 한결 가벼웠고, 그래서 기분이 좋았다.

언제나 려강에 갔다 올 때는 이러했다.

갈 때는 천문당에서 준비한 고급 차를 가득히 담은 짐 보따

리를 어깨에 메고 있어 짜증이 났지만, 올 때는 그 모든 짐을 내려놓고 오기 때문에 몸과 마음이 후련해지는 것이다.

물론, 차의 무게라고 해봐야 얼마 되지 않으니 크게 힘든 건 아니었다.

하지만 조금의 의심도 사지 말아야 한다는 당주의 의지 때문에 반년이 넘도록 두 발로 그 먼 거리를 오가야 하는 심정은 말로 표현할 수 없을 만큼 짜증나는 것이었다.

그런데 오늘 간자가 당주에게 전하라고 하는 소식대로라면 이 짜증나는 일이 모두 끝날 수도 있겠다는 생각이 들었다.

'패왕보가 반룡복고당과 손을 잡았으니⋯⋯.'

물론, 확실하다는 말은 없었다.

이번 반룡복고당과 패왕보의 격돌, 그리고 조용한 마무리를 감안하고 추측해 보면 가능성은 농후하니 확실한 조사가 필요하다는 내용일 뿐이었다.

그러나 육호가 생각할 때는 확실해 보였다.

'벌써 반년이나 질질 끌어온 일이잖아.'

이 정도면 당주의 인내심도 한계에 이르렀을 것이란 생각이 들었다.

'당주가 간자를 깊이 신임하고 있기는 하지만⋯⋯.'

육호는 려강에 침투해 있는 간자의 정체가 무엇인지는 몰랐다.

인피면구를 쓰고 있고, 당주가 그자의 정체에 대해서 철저하게 입을 다물었기 때문에, 그저 거룡방의 사람이란 것만 짐작할 뿐이었다.

어쨌든, 그 간자는 당주의 적극적인 지원 속에서 반룡복고당에 잘 숨어들었고, 자리를 잘 잡았으며, 그리 멀지 않은 시간 안에 적의 본거지를 알아낼 수 있다고 자신했다.

물론, 더 기다리다 보면 알아낼 수 있을지도 몰랐다.

그러나 오늘 들은 내용에는 남궁세가에 대한 이야기가 있었다.

새로 입당한 자가 남궁세가의 후인을 자처하고, 실력도 엄청난 고수라는 것이다.

'남궁세가가 얽힌 일이라면 당주님이 독단적으로 처리할 수 있는 사안이 아니다. 만약 방주님이, 아니 이젠 성주님이라 해야겠군. 성주님이 아시게 되면 절대 방관하고만 있지 않을 테니까. 반룡복고당의 본거지를 알아내는 문제는 생각도 않고, 곧바로 대규모의 무력단을 이끌고 려강에 가실지도 모르지.'

그리고 전후사정을 따지지 않고 패왕보를 괴멸시킬 수도 있었다.

남궁세가는 그만큼 민감한 사안인 것이다.

물론, 모든 것은 육호의 개인적인 추측일 뿐이었다.

'어쨌든, 이제 그만 했으면 좋겠군.'

이런 일 말고, 조금 더 자극적이고 전문적인 일을 하고 싶었다.

당원들 중에서도 고참에 속하게 되면서부터 왠지 잡일만 맡게 되는 듯한 기분이 들었던 것이다.

즉, 나이가 들었다고 능력이 떨어진다는 평가와 함께 소외를 당하는 기분이라고나 할까. 가만히 돌이켜보면 그의 고참이었던 몇몇 당원들도 비슷한 상황에 놓였다가 쓸쓸이 은퇴를 하지 않았던가.

물론, 그냥 기분 탓일 수도 있겠지만 그는 당장이라도 치열한 임무를 맡고 싶었다.

천문당에서 세 손가락 안에 들어갈 정도로 뛰어나다는 평가가 당연하게 여겨졌던 예전의 시절처럼.

'지금 당장 이들과 붙는다고 해도 이길 자신이 있다고.'

육호는 그의 옆에서 같이 가고 있는 두 명의 사내를 힐끔 쳐다보았다.

두 사내는 육호처럼 봇짐장수 행색을 하고 있었지만, 실상은 백룡대의 무사들로 이름은 나정과 구태였다.

백룡대는 거룡방에서도 수위를 다투는 무력대로서, 그에 속한 무사들인 만큼 무공실력도 대단했다.

특히 당주가 지금 하는 일에 나름 신경을 쓰고 있었기에 백룡대에서도 실력을 인정받는 무사들을 지원받았으니, 사실 육호가 두 사람을 상대로 이길 수 있다고 자신하는 것은 약간의 허풍이 섞여 있는 것이다.

'응?'

육호는 문득 기척을 느끼고 뒤를 돌아보았다.

세 명의 사내들이 그들이 지나온 언덕을 빠르게 내려오고 있었다.

'무림인?'

언덕을 당당하게 걸어오는 모양새 때문에 무림인이라 하는 게 아니라, 그들 세 사람이 각각 지니고 있는 무기가 독특하여 눈에 확 들어왔기 때문이었다.

쌍초겸, 쌍륜, 그리고 연편.

'분위기가 심상치 않은걸.'

꺼림칙했다.

괜스레 불안감이 엄습해 왔다.

특이한 무기를 지닌 무림인들이 뒤에서 빠른 속도로 다가오는 걸 보게 된다면, 설사 아무런 잘못이 없다고 하더라도 누구라도 그러한 기분을 느낄 수밖에 없으리라.

하지만 얼마 있지 않아 그의 우려가 기분 탓만은 아니라는 게 드러났다.

두 명은 등에 메고 있던 쌍초겸과 쌍륜을 빼들었고, 한 명은 허리에 차고 있던 연편을 손에 쥐고 팔목에 감았으니까.

분명한 공격 의지를 드러낸 것이다.

그리고 이곳에는 자신들밖에 없다는 걸 감안하면 저들이 누굴 노리고 있는지는 뻔한 게 아니겠는가.

'젠장, 들켰군.'

육호는 인상을 쓰며 소매 안에 감추고 있던 비수를 양손에 빼들었고, 어느새 봇짐에서 칼을 빼든 나정과 구태에게도 경고했다.

"아무래도 반룡복고당이 우리의 존재를 알아챈 것 같소."

나정과 구태는 웃었다.

그들의 웃음엔 살기가 어려 있었고, 그동안 잘 절제하고 있었던 난폭한 성정이 드러났다.

그들은 여유까지 느껴지는 음성으로 말했다.

"그동안 심심했는데, 잘됐네."

육호도 그들을 따라 웃었다.

방금 전까지 치열하고, 자극적인 임무를 원하지 않았던가.

지금 다가오는 저 세 명을 상대로 피를 보게 된다면 예전의 그 날카로운 감각을 다시 끌어올릴 수 있을 것이다.

육호는 저들이 조금 더 빨리 다가오기를 고대하며 저도 모르게 호전적인 목소리로 소리쳤다.

"반룡복고당의 놈들이냐!"

*　　　*　　　*

육호의 외침에 견일은 고개를 갸웃거렸다.

"익숙한 목소리인데?"

"나도."

"육호네."

"정말? 한때 싸움귀신이라 불리었던 그 육호?"

"그래. 한 번 같이 임무를 맡은 적이 있어서 목소리를 기억하고 있다."

"오오, 너하고 둘이 맡은 일이면 꽤나 험악한 일이었겠군."

"약간은."

"근데 얼굴은 못 알아보네."

"그때 인피면구를 썼으니까. 지금도 인피면구를 쓰고 있겠지."

"하긴 우리도 같은 임무를 맡기 전에는 서로의 진짜 얼굴을 모르고 있었으니까. 근데, 듣던 대로 싸움이라고 하면 환장을 하는 그런 인간이냐?"

"조용히 해결할 일도 괜히 시끄럽게 만드는 녀석이었지. 덕분에 그때도 꽤나 고생을 했어. 하지만……."

"하지만?"

"실력은 확실히 뛰어나다."

"그럼 다른 두 놈은 뭐지?"

"내가 저놈들 백룡대에서 본 적이 있어. 꽤 강한 놈들로 알고 있는데."

"오, 그래?"

"진짜 제대로 된 놈들과 싸워볼 수 있겠는걸."

견일 등이 잡스럽다는 느낌까지 드는 대화를 나누며 걸어가는 사이, 어느새 육호 등과 석 장의 거리까지 가까워졌다.

육호는 견일 등이 대답은 하지 않고, 들리지도 않게 속닥거리기만 하는 것에 짜증이 난 얼굴로 다시 물었다.

"반룡복고당 놈들이냐?"

견일은 고개를 끄덕였다.

"뭐 그렇다고 할 수가 있지."

"우리가 누군지 알고 쫓아 온 거냐?"

"대충은."

"누가 보낸 거냐?"

견일은 한숨을 내쉬며 말했다.

"지금 취조하는 거냐? 우리가 대답할 일도 없겠지만, 이런 분위기에서 무슨 말이 그리 많아."

견이가 한 마디를 거들었다.

"잔말 말고 어서 싸우자."

육호는 나정과 구태를 쳐다봤다.

그들은 굶주린 들개의 그것 마냥 아까보다 더욱 진한 미소를 짓고 있었다.

"싸우자는데 거절할 이유가 없지."

나정과 구태는 곧바로 앞으로 뛰어나갔다.

이미 자신들끼리 싸울 상대를 정했는지 조금의 머뭇거림도 없이 나정은 견일을, 구태는 견삼 쪽을 향해 칼끝을 겨누고 있었다.

'그럼 난……'

육호는 견이를 쳐다보았다.

세 명 중에서 가장 특이한 무기인 쌍륜을 들고 있어서 더욱 실력이 궁금해지는 상대였다.

'오랜만에 가슴이 두근거리는군. 내가 원하는 게 바로 이런 긴장감이야.'

육호는 말했다.

"올래? 아니면 내가 갈까?"

견이는 말했다.

"내가 가지."

견이는 말이 끝나자마자 곧바로 앞으로 뛰어나갔고, 육호는 상체를 낮게 숙였다가 견이가 바로 지척까지 이르렀을 때 뒤로 미끄러지듯 물러났다.

하지만 그의 물러남은 단순한 후퇴가 아니라, 전진을 위한 사전 동작이었다. 가볍게 땅을 찍고, 오른쪽으로 방향을 전환하며 견이의 얼굴로 하나의 비수를 날렸다.

챙!

견이는 륜을 방패처럼 들어올려 비수를 쳐냈다.

'또 다른 하나는?'

하나만 던지고 끝내지는 않을 터.

견이는 륜으로 상체와 하체를 동시에 가리며 육호가 던질 다른 비수에 신경을 집중했다.

'종아리다.'

견이를 중심으로 둥글게 이동하던 육호는 더욱 낮게 몸을 깔고 비수를 날렸는데 그 목표가 종아리 쪽이었다.

'흥.'

기동력을 약화시키겠다는 속셈이란 건 알겠지만, 고작 이 따위 공격을 하다니.

견이는 뒤로 물러나며 살짝 뛰어올라 비수를 피했다.

그러나 그때를 기다렸다는 듯 육호의 신형이 위로 솟구쳐 올라 순식간에 견이의 머리 위를 선점했다.

샤샤샤샤샤삭—

마치 십여 개의 칼날이 떨어지듯 공간을 난자하는 비수.

견이는 급히 쌍륜을 회전시키며 머리 위를 막았다.

카카카카카카캉—

쌍륜이 비수와 격돌할 때마다 들썩거렸다.

양팔을 타고 어깨까지 전해지는 충격도 결코 무시할 수 없는 수준이었다. 날카로움만을 중시한 게 아니라, 파괴력까지 갖춘 공격인 것이다.

'빌어먹을!'

견이는 이를 악물었다.

이렇게 당하기만 하려고 당당히 모습을 드러내 싸우자고 한 건 아니질 않은가.

"합!"

힘찬 기합과 함께 양팔을 좌우로 흔들 듯이 쌍륜을 위로 힘껏 밀었다.

까강—

비수와 쌍륜이 만들어내는 묵직한 충돌음과 함께 육호의 신형이 위로 붕 떠올랐다.

휘리리릭.

육호는 공중에서 회전을 하며 균형을 잡고 빠르게 땅에 내려섰다. 그리고 날카로운 시선으로 견이를 노려보았다.

그의 입가에 가는 웃음이 지어졌다.

그 정도의 실력으로는 자신을 이길 수 없다고 말하는 듯한 비웃음이었다.

견이는 씹어뱉듯이 외쳤다.

"죽여 버리겠다!"

"하하하, 고작 그 정도 실력……!"

육호는 말을 하다 말고 깜짝 놀라 오른쪽으로 몸을 날렸다.

스아앙—

방금 그가 서 있던 공간을 한 개의 륜이 가르고 지나가며 저 멀리 날아갔다.

'큰일 날 뻔했군.'

육호는 가슴을 쓸어내리며 내심으로 안도의 한숨을 내쉬었다.

하지만 그의 위험은 끝난 게 아니었다. 뒤로 날아갔던 륜이 작은 반경을 돌아 그의 등을 노리고 되돌아오고 있었으니까.

"젠장!"

견이를 향해 움직이다 뒤늦게 위험을 감지한 육호는 바닥에 넙죽 엎드려 또다시 륜을 피했다.

육호는 벌떡 일어났다.

"하하하, 정말 무서운 무기구나!"

그는 크게 위험했던 상황을 겪었음에도 오히려 표정이 밝아 보였다.

아마도 그건 견이가 돌아온 륜을 가까스로 잡는 걸 보았기 때문이리라.

"하하하, 주인까지 위험하게 만드는 무기라. 네놈은 참 별스런 무기를 사용하는 만큼 성격도 괴상한 놈인 게 분명하다."

견이의 얼굴이 더 그럴 수 없을 만큼 굳어졌다.

저런 비아냥거림을 듣고도 할 말이 없는 건, 그 자신도 그 말에 내심 동의를 하고 있기 때문이었다.

"자, 다시 싸워보자!"

육호는 즐겁다는 듯 좌우로 오가며 짓쳐들어왔다.

그의 공격은 자신감이 넘쳤고, 활기찼다. 순식간에 방향을 전환하고, 매섭게 비수를 찌르길 반복하며 견이를 몰아붙였다.

진정 은밀함에 중점을 두고 수련하는 천문당원인가 싶을 정도로 당당하게 즐기며 싸우고 있는 것이다.

그에 반해 견이는 방어하기에도 급급했다. 육호의 공격 속도를 따라가지 못했고, 반응과 회피 동작은 조금씩 늦어서 반격 같은 것은 생각도 하지 못하고 있었다.

'이상하다.'

견이는 혼란스러웠다.

'이럴 리가 없다.'

그는 육호보다 강했다. 결코 그 혼자만의 자신감이 아니었다. 그와 육호의 실력을 알고 있는 사람이라면 누구나 인정하는 사실이었다.

더구나 반악의 수하가 된 이후 수련에 더욱 박차를 가하지 않았던가.

견이는 육호의 비수를 막고 뒤로 멀찍이 물러나며 견일과 견삼 쪽을 쳐다보았다.

'아!'

그들도 고전을 하고 있었다.

나정과 구채의 매섭고, 빠르고, 강력한 칼질에 가까스로 버티고 있는 중이었다.

'하지만……'

역시 뭔가 이상했다.

아무리 상대가 백룡대에서 제법 알아주는 실력자들이라고 해도 저렇게 밀리기만 할 견일과 견삼이 아니기 때문이었다.

'그렇구나!'

순간 견이는 깨달았다.

'실전에 익숙하지 않은 무기를 들었으니……'

원래부터 기본은 알고 있고 최근 열심히 노력했다고는 하지만, 고작 며칠이었고 실전에 있어서는 애송이에 불과한 수준이었다.

그러니 상대적으로 몸이 둔해지고, 공방의 전환이 어색해져 전체적으로 실력이 약화될 수밖에 없지 않은가.

반면에 백룡무사는 오랫동안 칼을 무기로 삼아왔고, 실전도 많이 겪은 자들이었다.

열세를 보이는 게 당연했다.

'하지만……'

그렇다고 해도 이처럼 밀리고, 방어에 급급한 게 완전히 설명될 수는 없었다.

'아, 무기에만 너무 신경 쓰고 있기 때문인 거다.'

싸움이란 것은 기본적으로 나와 상대가 중심이 되어야 했다.

무기란 것은 어차피 사지의 연장선상일 뿐이고, 조금 더 날카롭고 단단하고 특징적인 동작을 수월하게 표현하기 위해 사용하는 도구가 아니던가.

그런데 자신들은 익숙하지 않은, 아직도 원숙하지 않은 무기에 맞춰서 움직이다 보니 본래의 속도와 힘을 발휘하지 못하는 것이었다.

'내가 속도와 힘에 있어 육호에게 질 이유가 없다.'

견이는 천문당원으로서 거의 최고 수준에 이르렀던 실력자였다.

또한 그는 육호의 실력과 동작을 꿰뚫고 있지만, 육호는 그가 천문당원이었다는 것을 모르고 있으니 확실히 유리하다 할 수 있었다.

그런데도 진다는 건 말도 되지 않는 일이었다.

'잊자.'

견이는 륜의 존재를 잊기로 했다.

그리고 견일과 견삼에게도 큰 소리로 외쳤다.

"무기를 잊어라!"

조언을 해주었지만, 의미를 깨닫고 살아남는 것은 결국 스스로의 능력이라 생각했기 때문에 견이는 더 이상 그쪽에 신경 쓰지 않았다.

그는 자신의 움직임에 집중하고, 육호의 동작에 초점을 맞추었다.

카캉—

"……!"

육호는 비수에 전해지는 반탄력이 확연하게 무거워졌다고 느꼈다.

'뭐지?'

하지만 의문은 잠깐뿐이었다.

그는 다시 자신감 있고 활기차게 움직이며, 비수를 날카롭게 찌르고 긋고 내리찍었다.

이번엔 끝장을 보겠다는 듯이.

그러나 견이의 방어는 이전과 달랐다.

륜을 사용하는 수법은 더 둔탁하고 거칠었지만 그의 공격에 적절히 대응하고 반격까지 했다. 그리고 시간이 지날수록 반격의 빈도가 높아지더니, 나중에는 육호를 일방적으로 몰아붙이며 압박해갔다.

슥―

륜이 비수를 밀쳐내며 육호의 어깨 부위를 얇게 긋고 지나갔다.

하지만 톱니의 이빨같이 삐죽하고 날카로운 날인지라, 어깨살이 제법 많이 뜯겨나갔다.

'이 정도쯤이야.'

육호는 심각하게 받아들이지 않았다.

견이도 그의 비수에 몇 번이고 베이고, 찔리며 자잘한 상처를 입지 않았던가.

그러나 다친 어깨를 뒤로 빼고 몸까지 젖히며 이어질 공격에 대비한 회피 동작을 취했음에도 좀처럼 떨어지지 않는 륜을 보며, 그는 여유롭게만 볼 수 없는 상황이 되었음을 인식하기 시작했다.

삭— 삭— 스삭—

육호는 얼마 있지 않아 팔뚝, 어깻죽지, 그리고 볼에 미세하지만 무시하고만 있을 수 없는 상처를 연속으로 입게 되었고, 더 이상 싸움을 즐길 수가 없는 마음이 되었다.

'이자는 나의 동작을 모두 파악하고 있다.'

어떻게, 라는 물음에는 대답을 할 수가 없었지만 그의 공격뿐만이 아니라 방어의 맥까지 뚝뚝 끊기는 상황을 달리 설명할 방법이 없었다.

'안 되겠다.'

육호는 견이를 이길 수 없다는 걸 인정했다.

자존심이 상하지만, 계속 고집을 부려보았자 살아날 가능성은 높지 않았다.

그는 나정과 구태 쪽을 쳐다봤다. 가능하다면 도움을 청하기 위해서였다.

'어떻게 된 거야?'

나정과 구태 역시 그와 비슷한 상황을 겪고 있었다.

아까까지만 해도 공격 일변도였건만, 지금은 방어 일변도가되어 가까스로 버티고 있는 중이었다.

'젠장할!'

육호는 결국 도망치는 방법밖에 남지 않았음을 깨닫고 내심욕을 내뱉었다.

정말 오랜만에 싸움 한 번 제대로 하는가 싶었더니, 갑자기 역전을 당하고 굴욕적으로 도망가야 하다니.

허나, 그는 호승심에 목숨을 걸 수 없었다. 그에게는 맡겨진 임무가 있었다. 간자에게서 들은 내용을 당주에게 반드시 전해야만 했다.

"차압!"

육호는 크게 기합을 내지르며 양손의 비수를 던졌다.

채챙!

견이는 륜을 들어올려 비수를 막았다.

그러나 막힐 걸 이미 예상하고 있던 육호는 양손에 비수를 세 개씩 꺼내들고 다시 견이를 향해 날렸다. 그리고 뒤이어 검은 색의 작은 구형체를 꺼내 바닥으로 내던졌다.

펑!

구형체가 바닥에 떨어진 순간 짧은 폭발 소리와 함께 회색빛의 연기가 주변으로 자욱하게 퍼져나갔다.

'연막탄을 생각하지 못하다니.'

견이는 륜을 휘둘러 자욱한 회색연기를 밀어내며 얼른 밖으로 빠져나왔다.

예상대로 육호는 뒤도 돌아보지 않고 도망치고 있었다.

'놓칠 수 없다.'

임무를 실패하고 싶지 않았다.

질책 받는 것이 싫어서?

아니면 반악을 진정한 주인으로 여기기 때문에?

얼마 전까지만 해도 망설임 없이 전자 때문이라고 생각했을 것이다.

하지만 지금은 후자의 이유도 해당이 되었다.

반반이라고나 할까.

어느 사이에 이런 마음으로 변하게 된 것인지는 모르겠지만, 그는 반악을 실망시키고 싶지 않았다.

'하지만 달리는 것으로 육호를 잡을 수 없다.'

견이는 륜을 쳐다보았다.

'받아낼 수 있을까?'

확신은 없었다.

하지만 하지 않을 수가 없었다.

'위험을 감수하지 않으면 얻는 것도 없다.'

견이는 공력을 모두 끌어올리고, 양팔을 좌우로 활짝 펼쳤다.

그의 머릿속에는 반악이 알려준 초식의 그림과 설명이 선명하게 떠올랐다.

"하압—!"

견이는 쩌렁한 기합과 함께 양팔을 있는 힘껏 휘두르며 륜을 앞으로 내던졌다.

소리조차 없었다.

맹렬하게 회전하며 날아가는 두 개의 륜은 갈 지(之) 자로 공간을 가르며 엄청난 속도로 날아가고 있었지만, 마치 딴 세상의 그것처럼 존재감 없이 육호의 뒤를 쫓았다.

'응?'

달리는 것에만 집중하고 있던 육호는 순간 위험을 감지했다.

오랜 경험을 통해 자연스레 갈고 닦아왔던 육감이 그에게 피하라고 경고를 보내고 있는 것이다.

'륜인가?'

견이는 아까도 륜을 던지지 않았던가.

생각은 짧았고, 육호는 지금껏 수없이 그의 목숨을 구해 주었던 육감의 경고에 순응하며 허리를 숙였다.

스악—

숙인 허리 위로 륜이 지나갔다.

'피했다!'

하지만 안도어린 그의 얼굴은 곧바로 짙은 고통으로 일그러졌다.

촌각의 차이로 또 하나의 륜이 그의 오른쪽 종아리를 가르고 지나갔기 때문이었다.

하지만 그는 비명을 지르지 않았다. 그렇게 훈련을 받았으니까.

풀썩.

오른쪽 종아리가 잘린 상태로 똑바로 서 있을 수 없었던 육호는 손으로 땅을 짚으며 주저앉았다.

그러나 그의 위험은 끝난 게 아니었다. 날아갔던 두 개의 륜이 다시금 그를 향해 되돌아오고 있었던 것이다.

그는 엎드릴 시간도 없어 몸을 옆으로 틀었다.

스악—

"……!"

육호의 왼팔이 팔뚝부터 잘려나갔다.

"크윽!"

육호는 결국 신음을 터트리고 말았다.

그는 지독한 고통 속에서 깨달았다.

'진작 은퇴했어야 했는데…….'

신음을 지른 것은 천문당 당원으로서의 자격을 잃은 것과 같았다.

육체는 아직 쓸 만했지만, 그의 정신력은 이미 예전의 육호가 아니었던 것이다.

육호는 허탈한 웃음을 지으며 뒤로 고개를 돌렸다.

견이가 그를 향해 오고 있었다. 헌데, 매우 기뻐하는 얼굴이었다. 양손에 들고 있는 륜을 격동어린 시선으로 쳐다보고 있었다.

'날 잡았기 때문인가?'

저 륜으로 그의 다리와 팔을 쓸모없게 만들어, 그의 도주를 막아내지 않았던가.

'그래서 기뻐하는 거냐?'

잠깐 의문이 들었지만, 곧 생각을 접었다.

이렇게 된 상황에서 견이가 기뻐하는 이유 같은 걸 알아서 무엇을 할까.

'미련 없이 가자.'

육호는 견이가 류에 시선이 팔려 있는 사이에 소매에 감추고 있던 독약을 꺼내 삼켰다.

그것이 천문당원으로서 그가 할 수 있는 최선의 선택이었다.

*　　　*　　　*

"젠장!"

육호가 입에 피거품을 물고 쓰러지는 걸 본 견이는 다급히 뛰어갔다.

하지만 그가 도착했을 때 육호의 숨은 이미 끊겨 있는 상태였다.

'또 잊고 있었다니.'

연막탄도 그랬고, 임무에 실패했을 때 사용하기도 하는 독약의 존재도 잊고 있었다.

아무리 그것들이 모든 천문당원들이 사용하는 건 아니라고 해도 말이다.

'내가 이런 초보적인 실수를 하다니.'

되돌아 날아온 쌍륜을 두 개 다 받아냈다는 기쁨은 사라지고, 생포해 오라고 했던 반악의 명령을 완수하지 못했다는 패배감만이 남아 그를 좌절케 했다.

'아!'

견이는 문득 깨닫고 견일과 견삼이 싸우는 곳을 쳐다봤다.

육호를 생포하는 데는 실패했지만 백호무사들을 살려서 잡아가기라도 하면 임무의 절반은 성공한 셈이 아닌가.

하지만 견이는 또다시 좌절해야 했다.

견일과 견삼은 이미 백호무사들을 죽이고 득의한 표정으로 그를 향해 걸어오고 있었기 때문이었다.

"견이, 우리가 이겼어!"

"하하하, 처음엔 살짝 고전했지만 네 말을 듣고 나서는 완전히 압도해 버렸다고!"

"당당한 승리란 건 이런 기분이었구나!"

"기분이 진짜 끝내줘! 처음 임무를 완수했을 때보다 더 짜릿한 기분이야!"

견이는 한숨을 내쉬었다.

견일과 견삼도 승리감에 도취되어 임무를 망각하고 있는 게 분명했다. 그도 바로 조금 전까지는 저들과 같은 기분이지 않았던가.

견이는 혹시 하는 마음에 물었다.

"둘 다 죽였냐?"

"당연하지! 아주 깔끔하게 끝내 버렸지! 근데 육호는?"

"죽었다."

"오, 축하한다!"

"이게 축하할 일이냐?"

"왜?"

"주인님이 우리에게 내린 임무가 뭔지를 생각해 봐."

"……!"

순간 견일과 견삼의 얼굴이 굳어졌다.

특히 지시를 직접 하달 받고, 책임을 부여받았다고 할 수 있는 견일의 얼굴에선 핏기까지 사라졌다.

'주인님한테 죽었다.'

그냥 비유가 아니라, 진정 죽을 수도 있겠다는 두려움이 견일의 등줄기에 한기를 불러일으켰다.

견삼이 물었다.

"견일, 이제 어쩌지?"

하지만 견일이라고 방법이 있겠는가.

견이가 그런 견일의 어깨를 두드렸다. 마치 걱정 말라고 위로하는 듯했다. 하지만 어깨를 두드리며 하는 말은 전혀 위로가 될 수 없었다.

"설마 죽이시기야 하겠냐. 그냥 팔 하나 자르는 정도겠지. 운이 좋으면 남은 왼쪽 귀만 자르실지도 모르고."

"그걸 위로라고 하는 거냐? 그리고 주인님이 나한테만 책임을 물으실 것 같으냐? 너희도 무사하지 못해."

견삼이 말도 안 된다는 듯 말했다.

"네가 우리의 대형이잖아."

"나쁜 자식들. 이럴 때만 대형 취급하는 거냐?"

"에이, 무슨. 언제나 널 대형이라 생각해 왔다고."

"입에 침이나 바르고 거짓말해라."

견이는 륜에 묻은 피를 털어내고 등에 메며 말했다.

"걱정 마라. 너 혼자 책임지고 싶어도 주인님은 나름 공평한 분이라 그러지 않으실 거다."

견삼이 걱정스런 얼굴로 견이를 쳐다봤다.

"정말? 그럼 우리까지 죽는 거냐? 견일 하나로 용서해 주지 않을까?"

견일이 버럭 화를 냈다.

"이 자식, 사람 앞에 두고 뭔 소리 하는 거야! 네 목숨은 목숨이고, 내 목숨은 장식이냐!"

"말이 그렇다는 거지, 뭘 그리 민감하게 반응해."

"목숨이 걸렸는데 안 민감하면 그게 더 이상한 거지!"

"그만들 해라. 어차피 도망칠 수도 없는 몸이니, 그냥 가서 솔직하게 보고하자."

견이는 뭔가 초탈한 표정으로 앞장서 려강으로 움직였고, 견일과 견삼 역시 한숨을 내쉬며 그 뒤를 따랐다.

　　　　　*　　　　　*　　　　　*

　객방의 분위기는 무거웠다.

　견일 등은 그 무게에 짓눌린 듯 무릎을 꿇은 채 어깨를 수그리고 있었다.

　'차라리 맞는 게 더 낫겠구나……'

　그들의 보고를 받고서 아무 말도, 아무 반응도 하지 않는 반악 때문에 세 사람은 피가 마를 지경이었다.

　하지만 이런 상황에서 무슨 말을 할 수 있을까.

　세 사람은 조용히 하명을 기다리고 있을 수밖에 없었다.

　반악이 감고 있던 눈을 떴다. 그리고 차분한 눈빛으로 세 사람을 바라보며 말했다.

　"너희들을 그냥 죽여 버릴까 했다."

　"……"

　"하지만 요즘 내가 인내심이 많이 좋아졌어. 그래서 조금 더 참아보기로 했다."

　견일 등은 내심 안도의 한숨을 내쉬었다.

　그러나 이어지는 반악의 말에 그들의 얼굴은 다시 긴장감으로 물들었다.

　"시체는 어떻게 했냐?"

　견일은 마른침을 삼키고 대답했다.

　"거기 있는데요."

272

"거기?"

"저, 저희들이 놈들을 죽여 버린 그 장소 말입니다."

"가져와."

"예?"

"놈들의 시체가 사람들에게 발견돼서 마동찬의 귀에 들어가게 둘 거냐?"

견일 등은 속으로 아차 싶었다.

'젠장, 왜 그걸 생각 못했지.'

육호 등이 죽었다는 걸 안다면 마동찬이 당장 려강에서 도망치려 할 게 아니겠는가.

물론, 그것도 나름의 성과라 할 수 있겠지만, 마동찬이 무사히 도망쳐서 려강의 일을 거룡방에 모두 전하도록 놔둘 수는 없는 일이었다.

견일은 머리를 깊이 숙이며 얼른 말했다.

"당장 가서 회수해 오겠습니다."

"견일과 견삼만 가고, 견이는 마동찬을 감시해라."

"복명."

세 사람은 즉각 객방을 나갔다.

'일이 복잡하게 됐군.'

간자임을 증명할 자들을 잡으면 마동찬을 단번에 축출할 수 있을 거라 생각했었다.

그런데 이렇게 어그러지다니.

'그냥 앞뒤 보지 말고 죽여 버릴까?'

육호 등의 시신을 내밀고 간자로 몰아붙여 죽이면 일은 쉽게 끝날 것이었다.

아니면 죽이고 나서 간자였다고 말해도 나쁠 것이 없었다.

하지만 뇌혁강 등이 이해해 줄까?

'그럴 리 없지.'

반룡복고당의 당원들은 힘으로 정당성을 주장한다고 곧이곧대로 이해해 주는 부류가 아니었다.

근거와 증거 등의 확증을 할 수 있는 게 필요한 것이다.

반악이 려강에 와서 이러저러한 계책을 바탕으로 일을 진행하고 있는 것도 그 때문이었다.

모든 것엔 명분이 필요한 것이다.

'강 점주에게 방법을 찾아보라고 해야겠군.'

반악은 곧 객방을 나섰다.

* * *

"아, 반 소협!"

객잔을 나와 대로를 따라 걸어가던 반악은 그를 향해 손짓하며 걸어오는 묵담향을 보고 걸음을 멈추었다.

묵담향은 빙긋이 웃으며 말했다.

"얼굴 보기가 힘드네요."

274

"안 본 지 삼 일밖에 안 지났소."

"반 소협은 참 무뚝뚝하네요."

"……"

"어쩔 때는 사람들과 많이 만나보지 못한 게 아닐까, 하는 생각까지 든다니까요."

반악은 내심 쓴웃음을 지었다.

'나름 노력했는데도 소용이 없었군.'

환영식 자리에서도 그의 입장에서는 꽤나 애를 쓰지 않았던 가.

하지만 묵담향과 같은 이들이 보기에는 여전히 어색해 보였 던 모양이었다.

"난 오지에서 자랐소."

"아, 그랬다고 했죠. 그런데 그 오지가 어디죠?"

"말해 줄 수 없소. 그런데 나를 찾아온 거요?"

"그건 아니고요. 다관에 가는 길이었어요."

"다관엔 왜 가는 거요?"

"일을 돕기 위해서요. 이번에 고급 차가 많이 들어와서 손 이 많이 필요하다고 그러더라고요."

"그걸 당신이 왜 하는 거요?"

"하지 않을 이유도 없죠. 모두가 같이 노력하고 있는데, 나 라고 빠질 수는 없는 일이죠."

"……"

"그건 그렇고요, 언제까지 따로 있을 건가요?"

"무슨 말이오?"

"청운객잔으로 들어오지 않을 건가요?"

"난 여기가 편하오."

"굳이 헛돈을 쓸 필요는 없잖아요. 반 소협의 방 하나 정도는 마련해 줄 수 있으니 들어와요."

"내겐 종들도 있소."

"아, 그랬죠. 세 명이던가요? 하지만 그냥 같이 자면 되잖아요. 하녀도 아니고, 남자들끼린데 뭐 어때요."

"난 아랫것들하고 합방하지 않소."

묵담향의 눈동자가 동그랗게 변했다.

"반 소협은 의외로 까다롭군요."

"그런 편이오."

"알았어요. 그럼, 뇌 객주님께는 그렇게 전할게요. 나중에 봐요."

묵담향은 웃음으로 인사를 건네고 다관이 있는 쪽으로 돌아섰다.

반악은 살짝 망설이다가 묵담향에게 말했다.

"술은 언제 살 거요?"

묵담향은 어리둥절한 표정으로 돌아봤다.

"술이요? 그때 샀잖아요."

"당신이 돈을 낸 것이 아니니, 난 인정할 수 없소."

"흠, 듣고 보니 그건 그러네요. 내가 너무 성의가 없었죠?
알았어요. 조만간 자리를 만들게요."

"난 싸구려 화주 같은 건 좋아하지 않소."

"명심해 두죠."

묵담향은 손을 흔들며 떠났고, 반악은 내심 만족스런 기분
을 느끼며 서점이 있는 방향으로 걸음을 옮겨나갔다.

*　　　*　　　*

반악이 서점에 들어가니 몇 명의 손님들이 있었다.

강학청이 그에게 다가와 조그맣게 속삭였다.

"그렇지 않아도 말씀 드릴 것이 있어 서점을 닫고 나서 주
군을 찾아뵈려고 했었습니다. 안쪽에서 조금만 기다려 주시겠
습니까."

"그러지."

반악은 손님들이 떠날 때까지 기다리기 위해 안쪽에서 차를
마시며 책을 읽었다.

그런데 얼마 있지 않아서 손님들 중에 젊은 여자 손님 하나
가 강학청에게 자그맣게 묻는 소리가 반악의 관심을 끌었다.

"강 점주. 저기 안쪽에 앉아 있는 공자는 처음 보는 거 같은
데 누군가요?"

"아, 예. 최근 저희 서점을 자주 애용하시는 분입니다만, 저

도 자세히는 잘 모릅니다. 그런데 왜 그러시는지⋯⋯?"

"뭐 그냥, 물었어요."

여자 손님은 별거 아니라는 듯 다시 책장으로 고개를 돌렸
다.

하지만 서점을 떠날 때까지 간간히 반악을 힐끔거리는 모양
새를 보니, 꽤나 호감을 느끼고 있는 게 분명했다.

'내가 잘생기긴 잘생겼지.'

반악은 절로 흐뭇한 마음이 일었다.

'쫓아가 볼까?'

조금 전 그를 힐끔거리다 서점을 나간 여인이 머릿속에서
아른거렸다.

그녀의 미모가 뛰어났다거나, 몸매가 끝내줬다거나, 뭔가
독특한 매력이 느껴졌다거나 하는 이유는 아니었다.

'내겐 연습이 필요해.'

기회가 되면 배희에게 전수받은 이론을 실전에 적용해 보기
로 작정했었는데, 그동안 여러 가지 일로 정신이 없어서 까맣
게 잊고 있었던 것이다.

하지만 막상 쫓아갈 생각을 하니 일어나지질 않았다.

지난날 항주에서 실패했던 기억들이 떠올랐기 때문이다. 섣
불리 시도했다가 그때처럼 거절을 당하면 돌아올 망신을 어찌
감당하란 말인가.

'하지만⋯⋯.'

위험을 감수하지 않으면 얻을 수 있는 게 없다고 했다.

그 자신이 견일 등을 질책하며 충고했던 말이었는데 자신부터 실천하지 않고 있다니.

'그것이 바로 가식의 껍데기를 뒤집어쓴 위선이라 하는 것이다.'

반악은 그런 위선자가 될 수 없었다.

'그래, 해보자.'

반악은 일어섰다.

"주군, 어디 가십니까?"

손님이 모두 나가서 정리를 하고 있던 강학청이 의아해하며 물었다.

"아, 그냥 잠깐 밖에."

반악은 대충 얼버무리고 서점을 나갔다.

반각 뒤.

반악은 굳어진 얼굴로, 왠지 모르게 어깨가 처진 모습으로 돌아왔다.

"무슨 일 있으십니까?"

"알 거 없어."

반악은 말할 수 없었다.

여자에게 작업을 걸었다가 울려 버리고 돌아왔다는 말을 어찌 할 수 있겠는가.

'아직 내 도전은 끝난 게 아니다.'

반악은 짜증이 나는 걸 쉽게 떨쳐낼 수 없었지만, 결코 포기하지 않겠다는 다짐을 했다.

언젠가는 반드시 성공하겠다고.

'대단히 안 좋은 일이 있으셨던 모양이군.'

강학청은 반악이 지금처럼 퉁명스럽게 대꾸하는 걸 처음 보았다.

반악은 이상한 눈으로 쳐다보는 강학청을 신경질적으로 손짓해 불렀다.

"할 말 있으니까 얼른 앉아."

"아, 예."

강학청은 오늘 반악을 대함에 있어 언행에 최대한 조심을 기해야겠구나, 하고 생각하며 의자에 앉았다.

반악은 자신이 마동찬을 감시했고, 다관과 거래를 하기 위해 찾아온 차 상인들에게 의구심을 품었고, 견일 등을 시켜 그들을 잡아오도록 했지만 실패한 일들을 이야기했다.

"마동찬을 어떻게 축출해야 할지 생각해 봐."

강학청은 반악의 말을 듣고 한참을 고민하고, 또 고민했다.

이미 죽은 자들을 증인으로 삼아 마동찬을 간자로 몰아갈 수는 없고, 그렇다고 거룡방에서 보낸 또 다른 접선자가 나타나길 기다릴 수도 없는 일이었다.

일단 보냈던 접선자가 돌아오지 않는 것에 거룡방이 의구심을 품을 테고, 마동찬 역시 거룡방이 아무런 조치도 취하지 않는 것에 대해 의아해할 것이니까.

그럼 모든 상황이 어그러지게 될 가능성이 높았다.

한참 고민을 거듭하던 강학청은 한 가지 계책을 떠올렸다.

"풀을 두들겨 뱀을 놀래게 해서 스스로 뛰쳐나오게 하는 건 어떻겠습니까?"

병서의 정수만을 모았다고 하는 삼십육계(三十六計) 중 열세 번째에 타초경사(打草驚蛇)라는 계책이 있다.

허수를 휘둘러 상대가 반응하게 하고, 그 반응을 통해 상대의 마음을 읽어내 공격하는 수법인 것이다.

반악은 강학청이 무엇을 하려고 하는지 언뜻 짐작이 되었지만, 더욱 세부적인 설명을 요구했다.

"그러니까……."

강학청은 간단하면서도, 약간의 위험을 각오해야 하는 계획을 설명하고 반악의 반응을 기다렸다.

"좋군. 하지만 강 점주의 목숨이 위험해질 수도 있다는 건 알고 있겠지?"

"직접 칼을 들고 싸울 능력은 없으나, 계책을 만들어 실행하는데 있어 목숨을 걸지 않는다면 최고의 책사가 될 수 없다고 생각합니다."

반악은 내심 헛웃음을 지었다.

참으로 유치하고 과대한 의사표현이 아닌가.

허나 확실히 이전처럼 자신감 없이 조심스럽기만 했던 모습보다는 낫다는 생각이 들었다.

"그럼 그렇게 진행해 봐. 그런데 할 말이란 건 뭐지?"

"뇌 객주와 당원들이 본격적으로 활동할 마음을 품게 하였지만, 실질적으로 겉으로 드러내 활동하기에는 여러 가지로 부족한 점이 많지 않습니까. 당주님께 미리 연락을 드려야 하는 점도 생각해야 하고요."

반악도 그 말에 동감했다.

당주에게 려강의 독자적인 활동의지를 전하는 것이야 크게 문제 될 것이 없지만, 지금 당장 외부에 자신들의 존재를 밝힌다고 했을 때 거룡방의 공격을 막아낼 수 있느냐, 하는 점에는 많은 어려움이 있는 것이다.

상대적으로 전력이 약한 거룡방 분타가 공격해 와도 막아낼 수 있을까, 의문이 생길 정도니까.

"아무리 생각해도 지금 바로 모습을 드러내 활동을 펼치기에는 시기상조라 생각합니다. 그렇다고 해서 이전처럼 움츠려 있기만 할 수는 없으니, 다른 방식으로라도 영향력을 넓히고 힘을 키워야 합니다."

"생각해 둔 게 있나?"

"청사파가 사라지며 공석이 된 자리를 우리가 앉는 것입니다."

"하오문이 되자는 건가?"

"외형적으로 그들의 껍데기를 뒤집어쓰고, 장점만을 뽑아

실익을 추구하자는 의미지요."

"뇌 객주와 당원들이 수긍할 수 있을까?"

"병서에 보면, 진정 원수를 갚고자 한다면 시체라도 이용할
줄 알아야 한다고 했습니다."

강학청도 얼마 전까지는 반룡복고당에 대의가 있어야 하니,
그 존재감과 행동력에 있어서 정파적인 성향을 깊이 심어두고
활동해야 한다고 생각했었다.

그러나 반악이 진이청 등에게 대가를 치르게 하는 걸 보고
생각이 바뀌었다.

"문파란 이득을 추구하는 무리입니다. 이전에 제가 속한 경
가장이나, 다른 당원들이 속했던 문파들 역시 그러한 이치에
서 예외라 할 수가 없지요. 애써 진실을 외면하려고 했으나 반
룡복고당도 마찬가지입니다. 거룡방의 불의함에 분기한다고
하지만, 실질적으로는 복수를 위해 모였으니, 그 또한 개인의
감정적 이득을 위해 뭉친 행동이라고밖에 설명할 수 없지 않
겠습니까. 더 깊이 들어가면 예전의 풍요와 영화를 다시 되찾
기 위한 활동이라고도 할 수 있습니다. 즉, 그 포장을 어찌 하
든 간에 거룡방과의 싸움은 이득을 추구하는 문파간의 대립이
라고 봐야만 하는 겁니다. 그런데 반룡복고당이 힘을 키우는
수단으로 삼는 것은 너무도 뻔하고 실용성이 떨어지는 방법입
니다. 아직 거룡방에 비할 수 없는 무력으로 가뭄에 콩 나듯
기습을 하고, 자잘한 크기의 사업을 운영하여 간신히 유지할

수 있을 정도밖에 되지 않는 활동비를 확보하고, 본거지에서는 장기적으로 본다면서 자라는 아이들에게 복수심을 심어주고 무공을 전수하여 미래를 기약하고 있습니다. 하지만 복수를 나 스스로가 하지 않는다면 무슨 의미가 있겠습니까."

내가 당했으니 내가 되갚아주어야 하는 것이 진정한 복수가 아니겠는가.

오히려 후인들에게 그 힘들고, 지겹고, 몸소 겪어보지 않았기에 가슴 깊이 공감하기 어려운 짐을 남겨주는 것은 책임 회피에 불과한 것이다.

"저는 어떻게든 뇌 객주님과 당원들을 설득할 것입니다. 상대만큼 독하게 마음먹지 않는다면, 과거의 모습을 탈피하지 않는다면 결코 거룡방을 이길 수 없다고 말입니다."

하오문의 껍데기를 쓰고 그 이름으로 사람을 모아 힘을 키운다.

겉으로 드러내 팽창하기 어려운 때이니 거룡방이 생각할 수 없는 밑바닥에서 자릴 잡고, 조금씩 하지만 결코 늦지 않게 치고 올라가 그들의 숨통을 물어야 한다는 게 강학청의 생각이었다.

'한 번 재능의 물고가 터지니, 거침없이 쏟아내는군.'

반악은 강학청의 생각과 계획이 마음에 들었다.

그 실리적이고, 열린 시야와 자유로운 마음 자세야말로 그가 원하는 책사의 재능인 것이다.

"할 수 있다면 해봐."

"우선 주군께서 한 가지 도와주셔야 할 것이 있습니다."

"말해."

"진가장의 확실한 지원을 약속 받아 주십시오."

"진가장이라……."

"려강에서 그들의 영향력은 결코 무시할 수 없습니다. 하오문이라 할지라도 그들에게 인정받고, 직간접적인 지원을 받지 않는다면 빠른 시간 안에 자리 잡기가 쉽지 않을 것입니다."

하오배들과는 비교도 할 수 없는 무력을 지녔으니, 시간이 걸릴 뿐 자리 잡는 것이야 문제 될 게 뭐가 있겠는가.

하지만 빠른 시간 안에 자리 잡지 않으면 안 될 상황이기에 진가장의 도움을 필요로 하는 것이다.

진가장의 경제력, 관에 대한 영향력이 매우 중요한 역할을 할 수가 있기 때문이다.

"나보고 부 부인을 만나라는 건가?"

"저나 뇌 객주가 만날 수도 있겠지만, 그녀는 주군 외에는 믿지 않을 것입니다."

지금껏 진행한 일들에 대해 의논하고, 협상을 한 상대가 반악이었으니까.

"그녀를 만나 보도록 하지."

반악은 일어서서 문으로 향했다.

강학청은 그를 서점 밖까지 배웅하며 머리를 숙였다.

"곧 연락드리겠습니다."

반악은 어둑해지는 밤길을 따라 사라져갔고, 강학청은 다시 서점 안으로 들어갔다.

第十九-下章

　골목 어둑한 곳에 몸을 숨긴 채 눈만 내밀고 있던 마동찬은 반악이 사라지고 강학청은 서점 안으로 들어가 버리자 턱을 문지르며 인상을 찡그렸다.

　'젠장, 저 반악이란 놈이 너무 고수라서 가까이 접근할 수가 없으니……'

　마동찬은 다른 당원들에게 속이 좋지 않아 의방을 찾아간다는 핑계를 대고 한 시진 전에 다관을 나와 서점을 감시하고 있던 중이었다.

　그런데 반악이 찾아와 강학청과 뭔가 대화를 나누는 데도 아무런 말도 들을 수가 없었다. 아무리 그의 은밀함이 경지에 이르렀다고 해도 반악과 같은 고수의 감각을 속이고 서점에 접근하기란 너무 위험한 일이기 때문이다.

'하지만 저들이 유착하고 있음을 알아낸 것만 해도 큰 수확이다.'

이제부터는 무슨 의도를 갖고 있는지, 어떤 마음을 품고 있는지를 알아내면 되는 것이다.

'그런데 어떻게 그 여우같은 강 점주의 속내를 파악해야 하나…….'

강학청의 눈치가 워낙 빨라서 보통의 방법으로는 통하지도 않았다.

게다가 다관을 운영해야 하기 때문에 반악과 강학청을 번갈아 감시할 만한 시간이 충분하지가 않다는 것도 문제였다.

'이럴 때 누군가 한 사람이 더 있었으면 좋았을 것을…….'

이럴 줄 알았으면 육호를 보내지 말았어야 했다는 후회가 일었다. 하지만 주어진 상황에서 성과를 내는 것이야말로 진정한 능력이 아니던가.

'그런데 아까 그건 무슨 상황이었지?'

마동찬은 반악이 서점을 나와 웬 여자를 쫓아갔던 일을 떠올렸다.

단순히 여자를 쫓아가는 것도 이상한 일인데 심각한 표정으로 그 여자에게 뭔가를 말하고, 도대체 무슨 말을 한 것인지 모르지만 여자가 울고 도망치듯 뛰어가 버린 상황은 아무리 생각해도 이해할 수 없는 광경이었던 것이다.

'모양새만 보자면 딱 여자를 낚기 위해 수작을 부리던 것처럼 보였는데…….'

하지만 현재와 같은 상황에서 여자를 낚으려 한다는 건 그의 상식으로는 말도 되지 않는 일이었다.

게다가 그처럼 잘생긴 얼굴을 하고도 울려서 보내지 않았던가. 자신이 만약 그처럼 잘생긴 얼굴이었다면 손짓만으로도 여자를 낚을 자신이 있는데, 그처럼 엉망으로 실패한다는 것도 이해 불가능한 일이었다.

왠지 다른 의도가 느껴지는 것이다.

'혹시 감시당하는 걸 눈치채고 주변을 탐색하기 위해 핑계 삼아…….'

오히려 그렇게 생각하면 더 이치에 맞을 것이었다.

'그렇다면 내가 생각한 것 이상으로 심계가 깊은 놈이야. 앞으로 더욱 조심해야겠어.'

마동찬은 경각심을 가지고서 어떻게든 시간을 만들어 감시에 박차를 가해야겠다는 생각을 하며 다관이 있는 곳으로 빠르게 이동해 갔다.

*   *   *

마동찬이 숨어 있던 곳에서 반대쪽에 위치한 건물의 지붕

위.

견이는 그곳에서 마동찬을 감시하고 있었다.

'이젠 놈이 주인님과 강 점주를 신경 쓰기 시작했군. 하긴……'

잠깐 사이에 뇌 객주의 신임을 얻고, 패왕보를 굴복시키는 성과를 내버렸으니 긴장하지 않으면 그게 더 이상한 일일 것이다.

'그건 그렇고 마동찬이 주변을 얼쩡거리고 있다는 걸 보고드려야 하는 건지……'

견이는 반악이 서점을 나와 여자를 쫓아갔던 광경을 떠올렸다.

'그건 무슨 상황이었을까?'

여자를 쫓아갔다.

뭔가 심각하게 말을 건넸다.

그리고 여자는 울면서 사라졌다.

'모양새만 보자면 딱 여자를 꼬시겠다고 수작을 걸었다가 퇴짜를 맞은 건데……'

하지만 무공은 절정 수준에 이르렀고, 성정은 냉혹하고 단호한 반악이 아니던가.

도대체가 그런 상황이 전혀 어울리지 않는 것이다.

게다가 반악은 잘생겼다.

그들도 인피면구로 얼굴을 잘생기게 바꾸고 나서 확실하게 실감을 했듯이, 얼굴이 받쳐주면 여자에게 호감을 얻기가 대단히 수월했다.

너무 수월해서 당혹스러울 정도인 것이다.

그런데 반악이 여자에게 수작을 건 것이라고 가정을 한다면, 정말 최악의 실패를 했다고 볼 수밖에 없었다.

'어떻게 그런 얼굴로 여자를 울릴 수가 있지?'

얼굴에 대고 욕을 하거나 침을 뱉었다면 모를까, 반악의 외모로 여자를 울리기란 하늘의 별을 따는 것만큼 힘든 일이란 생각이 들었다.

'그래. 아무리 생각해도 주인님이 여자를 꼬시겠다고 수작을 걸었다는 건 말도 되지 않아.'

마치 불경한 생각을 한 것처럼 갑자기 민망스럽기까지 했다.

'어쩌면 마동찬의 감시를 눈치채신 게 아닐까? 그래서 여자에게 수작을 건다는 핑계를 대고 확인 차 밖으로 나오신 게 아닐까?'

그렇게 생각하니 너무나 이치에 맞는 것 같았다.

'감시를 하시자마자 마동찬과 접선한 육호에게서 의문점을 발견하실 정도로 눈치가 빠르신 분이니까. 그래, 분명 그거였어.'

견이는 이미 반악이 대단하다는 걸 알고 있고, 최근엔 공경하는 마음이 생길 정도였지만, 새삼스럽게 경탄하지 않을 수 없었다.

'우리들처럼 전문적으로 수련을 쌓은 것 같지는 않은데 어찌 그처럼 뛰어날 수가 있단 말인가.'

견이는 내심 한숨을 내쉬었다.

하늘로부터 재능을 받은 이들은 진정 따로 있다는 걸 실감하니, 괜스레 힘이 빠지는 것 같다고나 할까.

그러나 견이는 곧 쓸쓸해진 마음을 다잡고, 계속 마동찬을 감시하기 위해 다관 쪽으로 몸을 날렸다.

*　　*　　*

진가장으로 가기 위해 대로를 따라 걸어가던 반악은 걸음을 멈추었다.

그의 시선은 왼쪽 길 끝에 있는 다관을 향했다.

'잠깐 들릴까?'

여자에게 작업을 걸었다가 거절당했는데, 묵담향이 보고 싶은 마음이 드는 건 왜일까.

'나도 웃기는군.'

외견상으로야 그렇게 안 보이지만, 실제적으로 나이차가 이십 년 가까이나 되는 여인에게, 그것도 당차게 다가가 뭔가를 해보는 것도 아니고 혼자서만 끌리는 기분을 간직한 채로 있으니……

하지만 곧 생각을 바꾸었다.

'그게 뭐 어떤가.'

매력 있는 여인에게 호감을 느끼는 게 잘못인가.

게다가 이미 나이차가 많이 나는 다른 젊은 여인들에게도 작업을 걸다가 퇴짜를 맞은 게 한두 번이 아닌데.

겉으로 내색 않고 속으로만 관심을 간직하고 있는 것도 마찬가지였다.

미치도록 사랑한다, 하는 기분이 아니질 않은가.

만약 작업을 걸었다가 실패라도 하면, 반룡복고당이란 단체를 복수에 이용하려는 그의 계획 자체에 차질을 빚을 수도 있는 것이다.

'마동찬의 분위기도 살필 겸 잠깐 들리지 뭐.'

반악은 그냥 한 번 얼굴이나 보고 가자는 마음으로 다관을 향해 걸음을 옮겼다.

하지만 곧 멈춰 섰다.

다관에서 묵담향이 나오는 게 보였기 때문이었다.

헌데, 그녀는 혼자가 아니라 공추걸과 함께 나오고 있었다.

예전 두 사람을 처음 보았을 때처럼 그들의 분위기는 매우 유쾌해 보였다.

아니, 밝게 웃는 묵담향의 얼굴만 보자면, 그때보다 더욱 화기애애한 분위기였다.

"……."

반악은 그들을 외면하며 돌아섰다.

그리고 원래 가고 있던 길을 조금은 빠른 걸음으로 나아갔
다.

＊ ＊ ＊

반악은 이전과 다름없이 은밀하게 진가장으로 들어가, 부용
설의 거처에 당도했다.

'내 말을 절대 듣지 않을 것처럼 하더니……'

반악은 꼭 닫혀 있는 창문을 보며 고소를 지었다.

부용설이 창문을 닫은 것은, 위험을 방지하고자 한다면 최
소한 밤에는 창문을 닫고 있으라고 했던 그의 말을 따른 것이
기 때문이었다.

창문 틈으로 빛이 새어나오는 걸 보면 부용설은 아직 자고
있지 않은 듯했다.

반악은 문 앞으로 가서 문을 두드렸다.

"누구냐?"

"나요."

안에서 아주 잠깐 부산스런 소리가 들리더니 조금 뒤 문이
천천히 열렸다.

살짝만 열린 문 안으로 아름답지만, 차가운 느낌을 가진 부
용설의 얼굴이 절반 정도 보였다.

그녀의 눈빛만 보자면 반악의 방문이 반갑지 않은 듯했다. 물론, 그녀는 평소에도 모든 사람들을 싸늘한 눈빛으로 보는 경향이 있었지만.

"무슨 일인가요?"

"할 말이 있어 왔소."

"늦었어요."

"이전에는 지금보다 더 늦게 찾아 왔는데, 그때는 아무 말도 하지 않았잖소."

"그때도 마음에 들지 않았지만, 그냥 참았던 거예요."

"그럼 오늘만 더 참으시오."

"……."

부용설은 잠시 침묵하다가 할 수 없다는 듯 문을 열어주었다.

반악은 옆으로 비켜주는 부용설을 지나쳐 안으로 들어갔다.

책을 읽고 있었던지 책 한 권이 놓여 있는 탁자 위에 등불이 켜져 있었다.

하지만 하나만 켜 놓고 있어서 방 안은 살짝 흐릿했다.

반악은 침상 쪽을 보고 물었다.

"호위무사는 어디 있소?"

마지막으로 왔을 때만 해도 부용설의 침상에 누워 있었는데, 지금은 보이지 않았던 것이다.

"의방에서 치료받고 있어요."

"정신을 차린 모양이군."

간습과 싸울 때 보았던 고집스런 모습을 감안하여 유추해 보면, 부용설이 그냥 있으라고 만류했음에도 단호히 거부하고 스스로 의방에 간 것이리라.

빨리 몸을 회복하고 다시 부용설의 호위를 서기 위해서.

'그래서 날 안으로 들이지 않으려 했던 거군.'

큰 부상을 입은 환자이기는 했어도 누군가와 같이 있는 방에 외간 남자를 들이는 것과 혼자 있는 방에 들이는 것에는 큰 차이가 있으니까.

부용설은 원치 않는 방문객이라도 예의를 잃지 말아야 한다고 생각했는지, 반악이 의자에 앉자 찻잔에 찻물을 따라주었다.

그런데 잔을 채워가는 찻물을 보자 반악은 갑자기 술이 마시고 싶어졌다.

어쩌면 묵담향과 공추걸의 모습을 본 이후로 쭉 술이 마시고 싶었는지도 몰랐다.

"술 있소?"

부용설은 눈살을 찌푸렸다.

"지금 뭐 하자는 거죠?"

"그냥 차 대신 술이 마시고 싶을 뿐이오."

"여긴 주점이 아니에요."

"당신은 내가 바보로 보이는 거요? 없으면 말면 되는 거지

왜 성질을 내는 거요."

부용설은 눈에서 침이라도 쏘아 보낼 것만 같은 시선으로 반악을 노려보았다.

하지만 반악은 시큰둥한 표정으로 그 시선을 무시했다.

부용설은 잠시 그렇게 노려보다가 침상 쪽으로 가서는 그 위에 달린 줄을 잡아당겼다.

조금 뒤 문 밖에서 시녀의 음성이 들려왔다.

"부르셨습니까, 마님."

"잠이 오지 않는구나. 가볍게 한 잔 마실 생각이니 간단한 안주로 해서 술상을 차려오너라."

"예, 마님."

이런 식으로 술상을 차려오게 한 적이 처음은 아니었던지 시녀는 군소리 한 번 없이 대답을 하고 사라졌다.

시녀가 술상을 차려올 때까지 두 사람 사이에는 말이 없었다.

부용설은 읽던 책을 읽었고, 반악은 상념에 빠진 듯 등잔만 쳐다봤다.

그러다 반악이 책을 보고 물었다.

"맹자는 읽어 무엇 하려는 거요?"

"꼭 무엇을 하려고 책을 읽는 건 아니잖아요."

"그건 그렇지. 하지만 자신의 상황과 어울리지 않는 책을 백날 읽어보았자 그 지식이란 게 제대로 활용될 리 없으니, 결국 쓸데없는 짓을 하는 거나 마찬가지 아니겠소.”

“마치 맹자를 읽어보기라도 한 것처럼 이야기하는군요.”

“읽어봤소.”

그것도 열 번도 넘게 읽어보았다.

하지만 역시 그의 인생에서 쓸모 있는 문구 하나 발견하지
못해 실망만 느끼고 말았다.

부용설은 의외라는 표정을 지었다.

무림인이 맹자를 읽는다는 건 왠지 어울리지가 않았기 때문
이다.

‘이 사람은 내가 알고 있는 무림인들과는 다르구나.’

많이 알고 있지도 않고 자세히 아는 것도 아니지만, 사람들
에게 일반적으로 알려진 무림인의 인상이라는 게 있다.

무식하여 모든 문제의 해결을 폭력에 의존한다, 라는 게 보
통사람들이 생각하는 무림인인 것이다.

하지만 반악은 그러한 무식과는 확연하게 거리가 있는 사람
처럼 보였다.

‘게다가 얼굴도 잘생겼고…….’

부용설은 저도 모르게 든 생각에 놀라서 책으로 붉어진 얼
굴을 가렸다.

하지만 다행이도 반악은 딴 생각을 하느라 그녀의 표정 변
화를 눈치채지 못한 듯했다.

그녀는 분위기를 전환하기 위해 물었다.

"외숙부는 어떻게 된 거죠?"

"지난번 이야기했듯이 목허창은 더 이상 신경 쓰지 않아도 되오."

목허창은 패왕보의 일이 마무리되자마자 견일 등에게 지시하여 제거해 버렸다.

그냥 빈털터리로 만들어 안휘 밖으로 쫓아내는 것도 생각해 보았으나, 협박을 받고도 패왕보로 찾아가는 걸 감안하면 죽여서 불안 요소를 완전히 제거하는 게 더 낫다고 판단한 것이다.

이때 밖에서 시녀의 음성이 들려왔다.

"마님."

부용설은 문으로 걸어가 시녀가 안을 볼 수 없게 살짝만 열고서 술상을 받았다.

"됐다. 그만 가보거라."

시녀를 보내고 문을 닫고 돌아온 부용설은 탁자에 두 가지의 안주와 술병, 그리고 하나의 작은 술잔을 내려놓았다.

반악은 술병을 들어 손수 잔에 따랐다.

쪼르르.

잔을 채워가는 술은 맑았고, 향은 달콤했다.

"좋은 술이군."

반악은 반잔을 먼저 마시고 맛을 음미한 뒤, 이어서 나머지 반잔을 말끔하게 비워 버렸다.

부용설은 반악이 한 잔을 더 마실 때까지 가만히 보고만 있다가 말했다.

"이제 날 찾아온 용건을 말해 봐요."

반악은 고개를 끄덕이며 빈 잔에 술을 채웠다.

"당신이 장주대리가 되었다고 들었소."

목허창이 시녀를 죽이고 도주해 종적을 감췄다고 소문이 퍼진 뒤, 장원의 주요 인사들은 부용설을 장원의 간접적인 주인으로 선택한 것이다.

물론, 여자란 이유로 부용설을 만만하게 보고 자신들 마음대로 휘두르며 장원의 권력을 틀어잡겠다는 게 그들의 진짜 속셈이었다.

그들은 최근 패왕보와 얽힌 내막과 보주가 그녀를 찾아와 사과를 하고 갔다는 것을 모르고 있는 것이다.

그러니 부용설에 대해서 긴장감이 없을 수밖에.

"맞아요. 이제 내가 장주대리가 되었어요. 그리고 조만간 장주가 될 수 있겠지요."

"그럼 더 잘 됐군. 우리에게 진가장의 지원이 필요하게 됐소."

"무슨 지원이요?"

이미 거금의 황금을 지급하기로 했고 일부는 이미 지불했으며, 진가장이 직간접적으로 관여하는 사업에 대해서도 손을 잡기로 약조한 상태인데 또 지원이 필요하다고 하니, 그녀가 의아한 표정을 짓는 것도 당연했다.

"괴멸한 청사파의 자리를 우리가 차지하려 하오."

"청사파의 자리를요? 당신들은 하오문이 되겠다는 건가요?"

하오문을 열고자 하는 이들은 당연히 하오배들이었다.

하지만 반악이나, 강학청, 그리고 뇌혁강만 봐도 그들 무리가 하오배들의 단체가 아니라는 것은 너무도 명확했다.

설사 진짜 하오배들이라고 해도, 근방 지역의 패자로 행세하는 무림문파를 물리칠 정도라면 더 이상 하오배들일 수가 없는 것이다.

"자세한 건 알 거 없고, 우리가 진가장의 재력과 관에 대한 영향력이 필요하다는 것만 알고 있으면 되오."

·"려강에 최대한 빨리 자리를 잡겠다는 거군요. 그럼 내가 얻는 건 뭔가요?"

반악은 바로 대답하지 않고 술잔부터 비웠다.

'역시 영리한 여자군.'

이전에도 그렇게 느꼈지만, 지금은 보다 확실해졌다.

그녀는 단순히 이용해 먹겠다고 해서 이용해 먹을 수 있을 만큼 쉬운 여인이 아닌 것이다.

"당신에게 필요한 걸 얻고 싶은 거라면, 나보다 당신이 더 잘 알겠지."

즉, 원하는 게 있으면 직접 말을 하라는 뜻이었다.

"내가 원하기만 하면 무엇이든 얻을 수 있다는 건가요? 당신의 목숨이라고 해도?"

"하하하!"

반악은 그답지 않게 호탕한 웃음을 터트렸다.

그의 웃음소리가 밖으로 새어나갈 것이 걱정되었는지, 부용설의 시선이 잠깐 문 쪽으로 향했다.

그러나 당혹스러워하는 걸 내색하진 않았다. 아마도 내색하면 자신이 지는 거라 생각하는 모양이었다.

반악이 웃음을 멈추고 잔에 술을 따라 마시자 부용설은 물었다.

"뭐가 웃기죠?"

"농담 아니었소? 그래서 웃었는데."

"……."

"그 말이 만약 농담이 아니라면……."

반악의 표정이 갑자기 차갑게 굳어졌다.

그의 눈동자에서 보는 이로 하여금 등골을 오싹하게 만드는 섬뜩한 기운이 일렁였다.

부용설은 저도 모르게 두려움을 느꼈다.

'농담이 아니라고 한다면 당장 날 죽일 것 같잖아.'

"농담이에요."

"다행이군. 난 여자는 죽이기 싫거든."

"……!"

농담이 아니라고 했다면 정말 날 죽일까?

그러나 진위 여부를 확인할 용기가 생겨나지 않았다. 지금껏 보아온 대로라면 반악은 결코 허튼 소리를 하지 않는 사내이기 때문이다.

그러고 보면 지난번에도 자신의 목숨을 두고 함부로 논하지 말라고 경고를 하지 않았던가.

부용설은 갑자기 갈증을 느꼈다. 찻물 정도로는 해소될 수 없을 만큼의 심한 갈증이었다.

그래서 찻물을 바닥에 버리고 찻잔에 술을 절반쯤 따랐다.

반악은 어리둥절하여 물었다.

"뭘 하는 거요?"

"보면 모르나요. 술 마시려고 하잖아요."

부용설은 물을 마시듯이 단번에 삼켰다.

아무리 반만 채웠다고 해도 찻잔이 술잔보다 큰 만큼 양이 훨씬 많은데, 그녀는 살짝 아미를 찡그렸을 뿐 전혀 힘들어하지 않았다.

차가운 아름다움에 어울리는 깔끔하고 군더더기 없는 표정인 것이다.

"잘 마시는군."

"여자라서 못 마실 거라 생각한 건가요?"

반악은 대꾸하지 않았다.

하지만 그렇게 생각하지 않았다고 한다면 거짓말일 것이다.

모두는 아니라고 해도, 대부분의 여인들은 남자에 비해 주량이 크지 않으니까.

헌데 부용설은 반악의 침묵을 대답할 가치도 없어 하지 않는다, 라는 의미로 받아들인 모양이었다.

그녀는 도전적인 눈빛으로 노려보며 말했다.

"적어도 당신한테 지지 않을 정도는 마실 수 있어요."

"재밌는 말이군. 그냥 농담이라 생각하겠소."

"그리 생각하는 게 자존심이 덜 상한다면 그렇게 생각해요."

"……"

반악은 조용히 빈 술잔을 옆으로 치우고, 부용설처럼 찻물을 버린 뒤 비어 버린 찻잔에 술을 따랐다.

그것도 가득히.

부용설은 코웃음을 치며 반악이 들고 있는 술병을 잡았다. 그리고 자신의 찻잔에도 술을 따르는데, 반도 채워지지 않았다.

그 짧은 사이에 술을 모두 마셔 버린 것이다.

반악은 말했다.

"같은 한 잔으로 쳐줄 테니, 그 정도만 마시시오."

하지만 그 말이 부용설의 자존심을 건드렸고, 호승심을 자극했다.

"기다려요."

부용설은 벌떡 일어나 방을 나갔다.

한참 뒤에 돌아온 그녀의 뒤에는 네 명의 시녀가 따라오고 있었는데, 그녀들은 힘겨운 표정으로 단지를 하나씩 안아들고 있었다.

단지는 확인해 볼 것도 없이 술 단지였다.

시녀들은 부용설의 지시를 받아 탁자 옆에 술 단지를 내려놓았다. 그녀들은 눈만 돌려 반악을 힐끔거렸다. 그가 있다는 것에 꽤 놀란 모양이었다.

부용설은 그런 시녀들을 향해 차가운 음성으로 말했다.

"오늘의 일이 밖으로 새어나갈 시에는 너희들뿐만이 아니라, 너희 가족들도 온전히 살아남지 못할 것이다. 내 말 알아듣겠느냐?"

"예, 마님."

"나가 보거라."

시녀들은 잔뜩 겁을 먹은 얼굴로 머리를 숙이고는 방을 나갔다.

부용설은 술 단지 하나를 자신의 옆으로 옮겨서 주둥이를 단단히 봉하고 있던 천을 뜯어냈다. 그리고 찻잔에 담긴 술을 모두 마셔버린 뒤, 그 찻잔을 단지 안에 통째로 집어넣어 술을 가득히 퍼 올렸다.

그녀는 반악을 오만한 시선으로 쳐다보며 말했다.

"준비됐나요?"

반악은 말로 대답하지 않았다.

그 역시 찻잔의 술을 모두 마셔 버린 뒤, 부용설처럼 술 단지 하나를 옆으로 옮겨 천을 뜯어내고 넘치지 않을까, 싶을 만큼 술을 가득히 퍼 올렸다.

반악은 말했다.

"지금 포기한다면, 그 용기 하나는 인정해 주겠소."

"흥."

부용설은 코웃음과 함께 찻잔을 입에 물고 조금도 쉬지 않고 모두 마셔 버렸다.

"아직도 안 마시고 뭘 하고 있는 건가요?"

부용설은 안주 하나를 집어 먹으며 반악을 향해 미소를 지어 보였다.

그녀의 아름다운 얼굴만큼 매혹적이었지만, 명백한 도발의 의도를 가진 웃음이었다.

반악은 문득 부용설이 귀엽다는 생각을 했다.

그녀는 외숙부를 죽여 달라 청부할 정도로 독하고, 입을 막기 위해서 시녀들과 그 가족들의 생명을 담보로 협박할 정도로 냉혹한 여자였다.

하지만 별로 중요하지도 않은 사소한 문제로 승부욕을 불태우는 지금 모습은 어린애의 치기어린 모습을 보는 듯 순수하게까지 느껴졌다.

'이런 여자와 술을 마시는 것도 나쁘지 않지.'

반악은 왠지 즐거운 기분까지 느끼며 술로 가득 찬 자신의 찻잔을 깨끗이 비웠다.

내공으로 술기운을 날려 보내지 않고 마음껏 마시리라 결심하면서.

그렇게 술 승부를 시작한 두 사람은 이후로도 한참 동안 술을 마시고, 또 마시며 밤을 흘려보냈다.

*　　　*　　　*

'아!'

반악은 퍼뜩 정신을 차리고 눈을 떴다.

'언제 잠이 든 거지?'

창문이 꼭 닫힌 방 안이라 어둑했고, 그래서 시간도 알 수가 없었다.

하지만 문제는 언제 잠이 들었고, 지금 시각은 어찌 되느냐가 아니라는 걸 곧 깨달았다.

그는 침상에 벌거벗은 채로 누워 있었기 때문이었다. 더욱 놀라운 점은 그의 옆에 실오라기 하나 걸치지 않은 여인이 엎드려 자고 있다는 점이었다.

'누구……!'

반악은 자고 있는 여인의 얼굴을 확인하고 순간 돌처럼 굳어 버렸다.

여인은 부용설이었던 것이다.

'빌어먹을, 어쩌다 이렇게 된 거지? 아!'

술을 너무 마셔서 기억도 안 나네, 하는 생각을 하는 순간 모든 기억이 떠올랐다.

둘 다 몸을 가누기 힘들 만큼 술이 취했고, 어느 순간 승부도 모두 잊게 되었고, 결국 부용설이 자야겠다며 일어나다가 옆으로 쓰러지는 걸 반악이 붙잡았고, 갑자기 눈이 맞은 두 사람이 그대로 침상으로 자리를 옮겨······.

'젠장.'

반악은 기억하기를 멈추고 조심스레 침상 밖으로 빠져나왔다.

사방으로 아무렇게나 던져져 있는 옷가지를 챙겨 입고 문 쪽으로 가려던 반악은 문득 자고 있는 부용설을 돌아보았다.

'저 여자가 내 첫 여자군.'

길게 풀어헤쳐진 머리카락이 부드럽고 매끈한 등을 따라 가는 허리를 지나고 탐스럽게 살이 올라 있는 엉덩이에까지 이르러 있었다.

반악의 하초에 저도 모르게 힘이 들어갔다.

'뭔 생각을 하는 거냐.'

반악은 시선을 돌렸다.

그리고 소리 없이 문으로 다가가 조금은 급하게 문을 열고 방을 빠져나갔다.

"......."

자고 있는 것처럼 보였던 부용설이 눈을 떴다.

그녀는 일어나 앉아 방문을 쳐다봤다.

술기운이 가시지 않아서인지 그녀의 볼은 발갛게 달아올라 있었다. 그래서 이전처럼 차갑게 보이지 않았다.

그 얼굴은 더 없이 아름답고, 매혹적이고, 색정적인 느낌까지 발산했다.

무슨 생각을 하는 걸까.

그녀는 의미를 알 수 없는 작은 한숨을 내쉬며 누웠다. 그리고 곧 눈을 감고 잠에 빠져들었다.

*   *   *

유시(酉時; 오후 5~7시)가 조금 지난 무렵, 마동찬의 방.

마동찬은 속이 좋지 않아서 약을 먹고 자야겠다는 핑계를 대고 먼저 다관을 나왔지만, 자고 있지 않았다.

그렇다고 책을 읽는다거나, 장부를 정리한다거나, 사색에 잠기거나 한 것도 아니었다.

그는 흔히 야행복이라 하는 눈만 가릴 수 있는 검은색 일색의 옷을 걸치며 방을 나설 준비를 하고 있었다.

지금 그는 마동찬이 아니었다.

천문당 일조장 고변책이었다.

고변책은 아무도 모르게 깊이 숨겨 두었던 무기를 챙기는 등의 모든 준비를 마치고 창문을 통해 방을 나갔다.

그가 방을 나서는 목적은······.

'강 점주, 넌 오늘 반드시 죽어줘야겠다.'

고변책은 어둑한 골목과 지붕만을 골라 강학청의 서점이 있는 곳을 향해 은밀하면서도, 빠르게 움직여 나갔다.

〈5권에서 계속〉

김정률 판타지 소설

FUSION FANTASY STORY & ADVENTURE

하프 블러드(Half Blood)의
블러디 스톰 레온,
블러디 나이트로 돌아왔다!

트루베니아
연대기

판타지의 신화를 창조해가는
최고의 작가 김정률!
『소드 엠페러』그 신화의 시작.

『다크메이지』,『하프블러드』,
『데이몬』에 이은 또 하나의 대작!

dream
books
드림북스

魔劍王
마검왕
나민채 퓨전무협 장편소설
FUSION ORIENTAL FANTASY STORY
『죽지 않는 무림지존』, 『천지를 먹다』
베스트 셀러 작가 나민채의 2009년 신작!
강호와 현실을 자유롭게 넘나들며 벌이는 스펙터클한 퓨전 무협
강호의 마교 소교주, 현실의 고등학생이라는 두개의 삶
나를 다른 세상으로 부른 흑천마검에는 놀라운 비밀이 숨어 있다
dream books
드림북스

창룡검전

최현우 신무협 장편 소설

ORIENTAL FANTASY & ADVENTURE

오랜 숙고 끝에 드디어 선보이는 『학사검전』 2부!

창룡전 학사의 붓 끝에서
무림을 격동시킨 폭풍우가 몰아친다!

무림의 격류(激流) 속으로 다시 돌아온 창룡검주 윤현.
그가 소중한 사람들을 지키기 위해 붓 대신 검을 들었다!

dream
books
드림북스

문우영 신무협 장편소설

ORIENTAL FANTASYSTORY & ADVENTURE

화서무적

『악공전기』의 감동적인 선율로 출사표를 던진
작가 문우영의 신무협 장편소설.

부드러운 붓끝에서 시공을 초월하는
놀라운 세계가 펼쳐진다

일획지법(一劃之法) 만시만종(萬始萬終)!
단 한 번의 휘두름에 만물의 법을 담는다

dream
books
드림북스